Leena Krohn

Mehiläispaviljonki

蜜蜂の館

群れの物語

レーナ・クルーン

末延弘子……訳

新評論

もくじ

●蜂蜜の館　9
●神聖なる巡礼の改心者と館のなかまたち　13
●心ある人のもとで　20
●群れのざわめき　24
●移ろう現実クラブ　28
●黒い塊　33
●心より、君のジクム　38
●スモモ　44
●ヘラクレスと彼の爬虫類たち　50
●快楽　54
●宿命、摂理、運命、そして偶然　59
●桶——「ゲルダ」の話　63
●雪片と形態　66

●殻のなか――「ドライバー」の話　71
●サイコマンテウム　78
●この町の下にはもう一つの町がある　81
●ツバメはもういないけれど――「秘書」の話　86
●ネズミと合理主義者たち　91
●パラジスト、脱字者、とじこみ屋　97
●名誉教授　104
●タルパ――ハンドルネーム「ヘテロでもありたくない」の話　110
●破り魔　118
●ドルフィーの母と預言者　124
●免疫学者　128
●自己価格設定者　133
●豚小屋、あるいは、冷たい七面鳥の日　138

●もっとも難しいのは真を信じること 144
●ロボトミー――「ダッパカッパ」の話 152
●名誉領事 160
●これもなお 163
●カフェ・ソリテール 175
●人間のふるまい――ハンドルネーム「ヘテロでもありたくない」の話 179
●鍵 185
●黒い石。 192
●カフェ・ソリテールでの乱流 196
●二つの頭をもつ昆虫 202
●ホモ・ポンゴイデス――「ドライバー」の話 209
●燻《くすぶ》り 218
●So sorry 223

●プロトゾア　228
●アッシャーシンドローム　232
●情報だけでなく　236
●蜂蜜の館の解体　240
●三人のブッダ　246
もうひとつの太陽――訳者あとがきにかえて　254

蜜蜂の館——群れの物語

蜜蜂の館

　この町には古い建物があまりない。一〇〇年を待たずに、新しい建物に取って代わってとり壊されている。町の一区域に、解体されずに残った煉瓦づくりの建物がある。一九〇〇年代初めに建てられたものだ。二階建ての建物は、当時、「心の病の診療所」として機能していた。その後、二年くらいは酔っぱらいの寝泊まり場所になっていた。何十年もの間、建物をぐるりと囲んでいた板壁は、建物に先だってとり壊されたが、それからすでにずいぶん経つ。道路沿いのカエデは、解体されるその日まで窓に影を落とし、裏庭のリラや花水木が咲く頃になると、房なりにつけた花びらの紫や白が砂地に零れ落ちていた。

　建物のことや昔のことを覚えている町の人はめったにいない。治療を受けていた心の病の患者も、もういなくなった。生きているうちに会えるのはきわめて珍しいケースだ。看護師も、極寒の夜に寝泊まりしていた酔っぱらい（素面《しらふ》で泊まった人は一人もいない）も、逝ってしまった。

　いまや、町には心の病の患者も酔っぱらいもいない。いるのは、精神疾患や、薬物依存症や、その両方を患った重複診断を受けたクライアントだ。

建物の老朽化が進んではいるが、その美しさは新しい建物と比べものにならない。落日が煉瓦壁の古色を照らす夕刻は息をのむ。これと同じ煉瓦は二つとない。どの煉瓦も独自の景色を抱き、その色合いや凹凸が斜に傾ぐ光のなかでもっともすばらしく露になる。すると、カエデの葉が壁や地面に葉影を落とし、冷えてゆく庭の砂利の上を、紛失してしまった鍵を手探りするかのようにあちらこちらへ揺れ動く。

酔っぱらいの宿泊施設が閉鎖されると、建物は、交流会館として市が管理することになった。集会所として利用する協会や団体に安く貸し出しているほか、アマチュア劇団「心臓と肝臓」は地下を借りていて、地上階にはポルノショップ「快楽」がテナントとして入っている。そして、地下には手狭ながらも住居がある。心の病の診療所の用務員が住んでいたミニキッチン付きの部屋だ。いまは、元執事シーグベルトとハイブリッド型ロボット「ハイブロット」が住んでいる。

この建物を「蜜蜂の館」と呼んでいるのはわたしくらいだろう。いったいなんのために？　ある夏の日のことだった。わたしは散歩にでかけて、別の町の海岸にばったり行き当たった。そこで足を止め、白い木造ゲート越しの見知らぬ庭園に目を奪われた。柿葺きの屋根に、すらっとした構えの銀灰色を帯びた丸太小屋。いまだかつて目にしたことのない様式のものだった。外壁には、小さな枠なしの窓穴がびっしりと隙間なく二重になってついていた。

なんのための建物なのかと尋ねたら、「それは蜜蜂の館」だと言われた。群れは小窓から出入りするので、養蜂家は簡単に内側から蜂蜜を採取できる。ただ、館の周りには動きはなく、もう何年もの間、廃墟と化していた。養蜂家は亡くなっており、熱心で純粋無垢な蜂たちがそこに花蜜を貯めることもなかった。

この古い煉瓦づくりの建物は、小さな町の海岸沿いの蜜蜂の館とはにても似つかないけれど、そこに集うもろもろの団体は、ある種の群れと言えるものだった。そんなに熱心でもなく純粋無垢でもないが、とにかく群れだった。

蜜蜂の館では、登記の有無に関わらず、さまざまな団体が集会を開いている。その多くが名簿やチャット上で連絡を取り合っているが、なかには実際に会いたがるメンバーもいる。たとえば、爬虫類学的同好会、ダールグレン症候群協会、喉歌合唱団、地方自治学振興会、ストーム同好会のメンバーがそうだ。麻酔をかけずに電気ショックが与えられていた部屋は、現在、水上オートバイチームとスタインヴュルツェル家系協会が使っている。暴れる患者を縛りつけていた二階のホールには、脱字者、失われた言葉の友、パラジスト、鼻声クラブ、キュニコス会が集い、毎週土曜日には、科学的世界像の犠牲者支援が集会を開いている。そして、テレビを殺めよう会、貧乏志願者会、車中生活者会は、二階の小ホールに月一回集まっている。最近では、預言者、ドルフィーの母、ラッダイトクラブ、呼吸者、そして、移ろう現実クラブが館の新しい顔ぶれだ。

金曜日の晩には、館の小さなカフェに人らしくないクラブが集う。以前、カフェは精神科看護師たちの休憩所だった。ほかの団体メンバーは実在する人物だが、人らしくないクラブのメンバーは、自分たちのことをドルイド、吸血鬼、取り替え子、悪魔、狼男、あるいはアプロディーテの子孫であるアマゾーンのような別の人種のように思っている。

わたしは、移ろう現実クラブに入っている。昔のクラスメートだったセルマもそうだ。そういったわけで、毎晩、蜜蜂の館を掃除しているラハヤや劇団「心臓と肝臓」の主宰者のライ婦人、詮索好きなドルイドやそのほかの蜜蜂の館族と顔みしりになった。

どうしてこんな変わった名前のクラブに入ったのか、聞かれたことがあった。そのときは、「単なる思いつきで」と答えたけれど、もちろんそんないいかげんなわけはない。

蜜蜂の館があった敷地は、いまは見捨てられたように空っぽだ。来年か再来年には、インテリジェンスマンションが新しく建てられることになっている。シニア向け高級分譲マンションだ(この町では、もう老人呼ばわりしないのだ)。もう一つの建設計画として、メソッドエンジニアリング能力センターが挙がっている。

神聖なる巡礼の改心者と館のなかまたち

蜜蜂の館の向かいの、「セキュリティーショップ」のショーウィンドーにこう書いてある。「あなたさまの文書を、徹底した管理体制で廃棄処理いたします」

道路は西北に向かって急な上り坂になっている。蜜蜂の館は、その界隈ではもっとも古くて低い建物だ。辺り一帯には、想像しうるかぎりのありとあらゆるサービスが揃っている。セキュリティーショップでは、護身用スプレーの使い方の講習が受けられ、そこで防犯機器も購入できる。規模の小さいボウリング場ではクラブ風コズミックボウリングが体験でき、ドーナツバーでは四種類のトッピングと三種類のフィリングが味わえる。葬儀社「信心」の二階では、まつ毛パーマやチョコレート・フェイシャルエステ、そして最新ネイルアートを提供している。

曲がり角に立つ眼鏡屋の正面に吊り下がっている巨大眼鏡フレームは、いまにも落ちてきそうだ。そのフレームの西側に、赤いカーテンのかかったモーテル「ハニーヒル」がある。客たちは、一時間か二時間の休憩目的で利用する。モーテルの向かいのリサイクルショップでは、古美術や勲章を扱っている。

わたしは、蜜蜂の館についての簡単な記事を頼まれていた。無料で配布している市政だよりに掲載予定だったが、記事はいっこうにまとまらず、期日までに間に合わなかった。もともと乗り気ではなかったし、それ以降、わたしからこの件に関して話をすることもなく、おそらく編集長もすっかり忘れてしまっているのだろう。

記事はまとまらなかったが、週に三、四回も、かつての精神科看護師の休憩所だったカフェでコーヒーを飲んだ。そこのコーヒーは深煎りで、シナモンロールも焼きたてなのだ。そこで、車中生活者会のメンバーと知り合った。都会に越してきたばかりの青年だ。青年は、最初の住まいをドーナツバーの前に停めていた。四〇年は経つであろうフォードのアングリアで、牽引するか押すかしないかぎり動かないおんぼろ車だった。車中生活者は、近所に住んでいるおじさんの居住者専用駐車場を借り、朝食とトイレはドーナツバーで済ませていた。

「ここには足りないものがないんだ」

彼は誇らしげに言うと、セルマとわたしにきれいに整理整頓されたアングリアを見せてくれた。なかには、ミニ冷蔵庫にハンガーラック、豊富な蔵書を誇る書庫があり、日本のさまざまな格闘技の入門書が取り揃えられていた。

飽きずに休憩所に長く居座っていれば、館で活動している各団体の代表者に会うこともある。たまたま目にした人がどの団体に所属しているのか予想するのもおもしろい。いつも簡単に当てられるとはかぎらないが、こんな暗い冬の最中に日焼けしてコーヒーの代わりにスポーツドリンクを飲んでいる血気盛んな若い男性は、きっと水上オートバイチームの幹部だろう。地方自治学振興会の代表者はほかの団体に比べて年齢も高く、顔色も冴えない。貧乏志願者会には、ボートで暮らしているような人やまつ毛パーマをかけたその足で会議にやって来るような年配の女性も二、三人いる。

ダールグレン症候群協会のメンバーは、全員どういうわけだか笑みを絶やさない。さぞや苦痛だろう。けれど、それがダールグレン症候群なのだ。それ以外に、彼らのなかから病的な共通項を見いだせないからだ。

スタインヴュルツェル家系協会員は薄っぺらい鼻とがっしりした顎が特徴で、眉毛が一本もない。以前、協会員の一人から、コート紙に印刷された家系協会誌「一族の火」を売りつけられたことがあった。表紙には「結婚がスタインヴュルツェル一族に新たな姓をもたらす」と書いてあった。わたしのいとこがスタインヴュルツェルと付き合っていることをほのめかしながら売りつけられた。それで、仕方なく買った。

カフェをよくうろついている腰の曲がった女性からも、名前に惹かれて雑誌を買った。雑誌の名前は「神聖なる巡礼に改心する世紀末の伝達者」だった。あとから聞くところによると、この伝達者というのは預言者のメンバーで、トランス状態で神のお告げを伝える託宣者の一人らしい。

台形はパラジストのマークだ。手の甲に台形のタトゥーを入れている人もいれば、はっきりとわかるようにデイバッグやTシャツの胸元につけている人もいる。人らしくないクラブのメンバーはあきらかに浮いている。もちろん、人相的にはなんら変わったところも現実離れしているところもない。ただ、独特なメイクととっぴなコスチュームが人目を惹くのだ。

あるとき、地方自治学振興会のメンバーが、レジに並んでいた二人のドルイドと年若い吸血鬼に、なんの悪気もなさそうにこう聞いていた。

「今日は、どちらで仮装大会があるんですか?」

「どういう意味だ?」

吸血鬼は、真っ赤に染まった唇から磨きをかけた歯を威圧的にのぞかせながら聞き返した。その光景に地方自治学振興会は言葉を失い、さらに血の気が引いた。

片方のドルイドは、とても魅力的で人形のように小さくて華奢《きゃしゃ》だった。セルマが彼女に年を尋ねると、一一歳だと答えた。それはありえない。休憩所でウエイトレスとして働いているところを目にすることもあるし、よくよく見れば、目尻にくっきり刻まれた皺もある。彼女の聖木はカエデで、エレメントは空気だという。ステップを踏むような軽やかな足どりで、どんな場所にも行けそうな感じだ。以前、なにをもって自分を人らしくないと思うのか聞いたことがある。彼女は、こう答えていた。

「大人にならないところ」

小さなドルイドは、なんでも知りたがって話し好きだ。休憩所以外でも、クラブや団体の集会でよく見かけた。どこに顔を出しても嫌がられることはないし、その旺盛な好奇心を気にする人もいない。そもそも、きれいな子どもとしか見られていなかった。蜜蜂の館を出入りする人たちのプライベートな事情まで把握して、誰にでも言いふらしている。そんなわけで、わたしは彼女のことを「情報提供者」と呼んでいる。蜜蜂の館やその群れの思い出は、どれもわたしのものではない。一部は、悪く言えば「陰口」という名のドルイドが献身的に広めた情報に基づいている。話し声を耳にしたら鼻声クラブだとわかる。ところが、聞き慣れない発音が耳に纏わりつくようであれば、会話をしているのは失われた言葉の友しか考えられない。

とてもしとやかな老婦人がストーム同好会に入っている。強まる風や雷をともなった大雨警報が出されると、きまって双眼鏡を手に海と雲を眺めに港へ赴くのだ。雨脚が強まれば強まるほど、稲光と雷鳴の間隔が狭くなればなるほど、老婦人は幸せになる。屋根板が剥がれ、幾千という束の間の飛沫がアスファルトにあたって迸《ほとばし》れば人はマーケット広場から家に姿を消すというのに、老婦人は雨を享《う》けながら胸を躍らせ、白髪頭をふり乱して外へと駆けだす。嵐を追って他県へ足を伸ばしたことさえある。近年、いまだかつて体験したことがないほどの幸福感を覚え、婦人はわたしにそらでシェイクスピアを諳った。

風よ、吹け、うぬが頰を吹き破れ！
幾らでも猛り狂うがいい！
雨よ、降れ、滝となって落ち掛れ、
塔も櫓も溺れ漂う程に！

（シェイクスピア／福田恆存訳『リア王』新潮社、二〇〇六年）

異様な音色が館に響きわたるときがある。頭蓋骨や足裏で反響するような、頭皮をくすぐるような深い振動。喉歌合唱団が歌の練習をしているのだ。

ドルフィーの母にはよく目を奪われる。自分の子どもの世話をしてもいいような年頃の学生の女の子たちが、球体関節のデジタルドールに全身全霊で愛情と眼差しを注いでいる。この愛くるしいロボットはすべてのパーツが交換可能で、すみれ色の瞳でさえもアイホールから取りだすこともできれば、ネットでマリンブルーのドールアイを注文することもできる。人形は、幼い子どもというよりは同年代の友人といってもいい。ドール用のシューズやメイクボックスにかかる費用は、持ち主のそれとたいして変わらない。人間の肌を思わせるようなドルフィーのピュアスキンには驚かされる。ただ、あまりに雪白であまりに完璧なのだ。

デジタルドールの球体状の関節はどんなふうにも曲げられる。裸の人形が二体目と添い寝し、三体目が四体目にダイヤモンドタガーを突き刺している様子を偶然目撃したことがある。女の子たちは、このつくり話の続きをブログに公開していた。ある種の新しい人形劇だが、ライ婦人に言わせると倒錯劇だ。

たしか情報提供者から聞いた話で、あとになってわかったことだが、ドルフィーの母の多くが子どもを持たずに一生を送る覚悟をしていた。その覚悟は、突然変異をつくらないための貞節の誓いなのだ。

呼吸者とは、休憩所で会ったことがない。なぜなら、彼らは食べ物がなくても生きてゆけると信じているからだ。コーヒーや菓子パンは呼吸者にとって冒涜だ。そのエネルギーの源は、植物と同じく大気であり、水であり、太陽の光である。それ以外の滋養は摂取したがらない。良心を汚さずに過ごそうとすれば、それ以外の食べ物も飲み物も口にできない。

蜜蜂の館の庭やホールや階段で呼吸者を見かけるたび、その貧弱で影法師のような体つきにぞっとする。もはや普通に歩くこともなく、よろめき、ふらつき、足もとはおぼつかない。弱々しい足はもう呼吸者を支えきれない。

そして、わたしは思いを巡らす。あとどれくらい彼は呼吸できるのか。あとどれくらい彼は待てるのか。養分を与えてくれる春の太陽を。

心ある人のもとで

蜜蜂の館には、以前も訪れたことがある。当時は心の病の診療所だった。それから、もうずいぶん経つ。患者の苦しみは、古びた館の階段や見あげるほどのホール、そしてピスタチオグリーンに塗られた廊下や古色蒼然とした煉瓦壁にこびりついて蝕んでいる。

亡くなった祖母は看護師だった。心の病の患者とも、精神疾患患者とも、ましてや発狂者とも呼ばず、祖母はいつだって心ある人と言っていた。

わたしが四歳のときだった。祖母は姉とわたしを職場に連れていった。どうして心ある人のところへわたしたちを連れていったのか、その理由はわからない。わたしたちが頼んだのかもしれないし、祖母が同僚に孫を紹介したかったのかもしれない。

屋敷についての印象は、とぎれとぎれで、ばらばらで、はっきりとしない。それでも、ランプシェードのないランプの鈍い光のようなおぼろげな記憶が残っている。祖母のあとについて廊下をわたると、その両側には窓のあるドアがあった。窓の向こうに見えたのは、ガラスに焼きつけられたかのような、じっと動かない無表情な顔だった。その場に立って、廊下を歩くわたしたちを目で追っている。目だけ動かして頭は動かさない。じっと見ているあの人たちが心ある人だと、祖母が言った。なんだか居心地が悪かった。なぜなら、その館では、変わっているのは彼らではなくわたしと姉だったからだ。

ドアはわずかに開いていて、大ホールに通じていた。ホールにはベッドがところ狭しと置かれている。一つのベッドには、白い布で頭からつま先までぐるぐる巻きにされているミイラが微動だにせずに横たわっていた。きっと亡くなったのだ、そう思った。わたしは死者をこの目で見たことがなかったので、もっと近くで確かめたかった。ところが、「そこにいるのは講師さんよ。そっとしておいて」と祖母に言われた。祖母のあとについて講師を素通りし、ジュースコーナーに向かった。そして、祖母と同じく、心ある人の世話をしている献身的なおばさんたちに会った。

大人になって、謎につつまれた職場のことを聞いたとき、そこがどんなところだったのかよく飲みこめた。そこにあったのは、混沌、規律、権力、狂気、そして羞恥だった。

「心ある人は、ひどいことをされてね、傷つきやすいの」と、祖母が言った。

そうでないケースもあった。祖母がまだ若くて、看護師になって初めての夜勤の日のことだった。ひとりで不安神経症の病棟を回ることになり、ある悩める一人に襲われた。その名前は「皇帝」だった。

「皇帝さん、お願いですから、ベッドに戻って休んでください」

皇帝はベッドに戻ることなく、巡回する祖母をつけ回し、誰もいない受付カウンターを挟んで、右回りに左回りに一所《ひとところ》をぐるぐると回っていた。祖母の叫びに目覚めたもう一人の悩める者が皇帝を押さえてくれたおかげで、助けを呼ぶことができた。ただ、助けに駆けつけた看護師は、しばらくして三人目の悩める者に最上階の窓から落とされてしまった。死因は、脾臓破裂だった。

薬はめったに投与されなかった。薬のせいでだらだらとよだれを垂らし、感情のない生きる屍になってしまうからだ。拘束衣、冷水浴、電気ショックは、診療所では当たり前だった。こめかみに電極をあてて通電させる。しかも、麻酔もかけずに。

「それから、インスリンで患者を気絶させて、昏睡状態にさせる治療もあったわ。もっとも難しかったのは、心ある人に心臓の薬を注射で投与すること。その薬は、痙攣を起こしてショック状態に陥らせるのよ。ほとんどの人が最後まで治療を嫌がったから、縛ることになったの。だいたい、一〇回から一五回の発作を目安にしていたわ」

当時は、精神分裂病と癲癇の拮抗仮説というのがあって、分裂病を追い払うために痙攣が起こると祖母は考えていた。この理論がどんな根拠や実験に基づいているのかを祖母は知らなかったし、看護師たちにも知らされていなかった。

診療所で、心ある人がきちんと治療をされていたとは言いがたい。多くが何度も入退院を繰り返し、もっと大きな病院へ送りこまれたり、遠く離れた地へ送られたまま戻ってこなかったりした。心の病の診療所から慢性病棟へ移った人は、「悪性の白痴」や「重度にだらしない人」と呼ばれていた。

「その当時は、わたしたち看護師は心ある人たちを治せるなんて考えてもみなかった。そして、わたしたち以上に医者もそう思っていた。ただ、患者を収容して、できるかぎり最悪の症状を和らげただけよ」

「最悪の症状ってどんなの？」

「他人の迷惑になってしまうこと」

祖母は、この新しい時代も新しい人種も知らない。ゲイもギャルもレイヤーも、B-BOYもメタラーも目にしていない。町で、女性たちが鎖に繋がれた金色のゴキブリをじかに担ぐパーティが開かれていることも知らない。そして、人はもはや、心の病の患者でありえないことも、つまり心が健全ですらないことも知らないのだ。

しかし、たとえ人にはなくとも建物や町には心がある。どんな建物も思い出を抱えている。闇も光も、苦みも甘みも。時とともに、心ない人たちですら、その思いや行為が一つの心へと凝縮する。蜜蜂や蟻の巣の名もなき働き者たちの仕事が、巣の力と意味となるように。あるいは、その無能さと自分本位さゆえに、重荷と崩壊となるように。

群れのざわめき

町の鳩の群れに目を奪われる。土鳩の正則的なピルエットに、上昇と下降の狂いのないタイミングに、そして羽ばたきと滑空の調和に。鳥からメッセージが運ばれるのか。誰かの指令を受けているのか。誰が指令し、誰がそれに従うのか。

いや、違う。指令なんて必要ない。群れとは一羽の鳥自体なのだ。たった一羽の認識からすべてに伝わるまで、一瞬の羽ばたきほどもない。一羽が認識したもの、それはもうほかの鳥もわかっている。一羽が意志するもの、それをほかかも意志するのだ。

わたしがいま話しているのは、群れについてであって畜群《ちくぐん》ではない。畜群にはルールがない。あったとしても、群れのルールとは別物だ。

数年前のことだった。知り合いの家族がサマーコテージを留守にするというので、そのあいだ、温室のトマトやテラスのゼラニウムの世話をしながら八月の数日を過ごしていた。

最終日の朝、コーヒーカップを傍においてガーデンチェアに腰をかけ、わたしは新聞を読んでいた。郵便受けは二キロほど離れた十字路に設置してあって、そこから新聞を取ってくる。取りに行く途中、聞いたことのない耳障りな音が聞こえた。送風機のような音、いや掃除機の音だったかもしれない。隣家のエンジニアが機械でも作動させたのかと、わたしは不思議に思っていた。けれども、音源は東からでも西からでもなく、南からでも北からでもなかった。それは真上からやって来た。しかし、飛行機ではなかった。

見あげてみて、やっとわたしは理解した。コテージの上に低く垂れこめる雲のようなものを認めたのだ。コテージの屋根幅ほどの大きさで、ゆらゆらと上下に揺れ動く楕円形のなにか。そのなにかは、幾千あるいは幾万という個から構成されていた。蜜蜂だった。つぶさには見わけがつかなかったけれど、少なくとも、そう思った。蜜蜂の群れは、上がったり下がったりしながら赤い煉瓦屋根をぐるぐると旋回し、周辺から中心に向かって密になってゆく螺旋のようだった。旋回は凝縮し、雲はより黒く縮小してゆく。やがて煙突の上に滴ほどの雲を形成すると、煙突に吸いこまれるように一つになって消えていった。

わたしは、コーヒーカップと新聞をデッキチェアに置いたまま家のなかへ入った。すると、ざわめきもなかへ移動してきた。家の換気口から聞こえてきたので、群れは煙突ではなく通風口に姿を消したのだと思った。部屋中の換気口を、見つけたそばから閉め回った。蜜蜂が部屋に入りこんでくるのが怖かったのだ。それでもなお、音は耳に纏わりつくようにゆらゆらと揺れていた。弱まりながらも、いつまでも変奏しながら巡る単調な音のように。「換気口を開けるときは気をつけて」とテーブルの上にメモを残して、わたしは早めに発った。

群れになにがあったのか。群れはどういう経緯で放されたのか。もしかすると、近所の養蜂家から逃げだしたのだろうか。どういうわけか、わたしはいっさい知ることがなかった。

同じような音を、そのあとも耳にした。真夜中の自宅の庭だった。そのときも八月だった。夜中に、深い眠りから目が覚めた。おそらく悪い夢を見ていたのだろう、知らない人でごった返していた夢だった。わたしは、どこかに急いでいるみたいに上着をはおると、玄関を開けて脇目もふらずに庭に向かって歩いていった。黄葉した白樺の梢が、ちらちらと明滅しはじめた星空に消え入ってゆく。とても静かで、秋の麒麟草の灯火はそよとも動かない。それなのに、小さな足が忙しそうに動いているみたいに、房すぐりの茂みの下で枯葉がかさかさと音を立てている。枯葉の音とはまた別に聞こえた音があった。木々の梢の上に無言歌が揺れながら降りてきて、ざわめきというよりも夜の賛美歌のなかへとわたしは踏みこんでいた。階段に座りこんで、じっと耳を澄ます。この時期からすると、歌は蜜蜂ではなくてなにか別の種類、別の群れにちがいなかった。なんの群れだったのだろう。昆虫なのか、星なのか、いまでもわからない。ただひたすら、闇を割って響く、暗くて情熱的な歌に耳を澄ました。

バードイドという人工鳥の群れが、わたしのパソコンの画面上を本物の群のように飛び回る。バードイドは生きてはいない。しかし、形成された群れは動くのだ。

人間は、鳩よりも、あるいは蜜蜂よりも自由であり、バードイドよりも現実的だと信じている。人間は、孤独と伝達の摩擦を、自由と現実に交換している。しかし、一人であっても彼は集団の萌芽なのだ。鳩とは違って、人間は群から群れへ、団体から団体へ、集団から集団へと移動する。

鳥や蜜蜂やバードイドの群れのように、人間の群れもルールに従って行動している。そのルールがなんなのかを個々人は知らないけれど、それでもそれに従っている。この町は、別のもろもろの町を内包し、もろもろの町はまた別の町を内包し、いっそう小さく密になってゆく。わたし自身だって町なのだ。わたしの姿は、何十億という細胞と分子の群れで構成されているのだから。それらは、単純なルールに従って行動しながら解けない複雑さをもたらす。

一切の部分が全体についての情報を与えているという点では、どんな群れもホログラムに似ている。

個は集団の萌芽であり、個々は集団の全体を包含する。

わたしとは、わたしたちである。

移ろう現実クラブ

移ろう現実クラブに入った動機について、わたしに聞いたのは誰だったろう？　館の活動報告に目を通していたら、次のような内容を見つけた。

あなたの人生において、はからずも解明できない出来事に遭遇したことはありませんか？　あとになって、いたずらに探していた物が不自然にもありえない場所に見つかったことはありませんか？　意味のある偶然の一致を体験したことはありませんか？　あなたのところで時間が止まったり遅くなったり、あるいは異常な速さで過ぎ去ったりしたことはありませんか？　ある場所から別の場所へ、物理的手段なしに移動したことはありませんか？　生息域外の生物や、どの種にも属さないような生物を目撃したことはありませんか？　普通ではない出来事や体験について報告してください。そして、移ろう現実クラブに入会してください。

これらの問いに惹かれて活気づいたのも、わたしにも経験があるからだ。それに、ちょっと手を加えれば、移ろう現実クラブやクラブのメンバーのことを物語にして短編集にできそうだとも思った。

わたしは、クラブのサイトに立ち寄って、それぞれのコメントを読むようになった。多かったのは、紛失物について手短に語ったものだ。指輪、時計、携帯電話、ハサミ、鍵、財布、手紙。たとえば、トラムで紛失したものが一か月後に屋根裏のクローゼットにしまってあるアノラックのポケットから出てきたり、いとこの風呂場のバスタブの下から出てきたりした。妙な偶然の一致や仔細な事柄だらけの話もたまにあって、つらつらと長くて入り組んでいた。

移ろう現実クラブの一回目の集会には、出席者は七名しかいなかった。主催者は、「アナトール」と名のる若い法医学部生だ。初めのうちは内気な印象だったけれど、集会が進むにつれて、確信と意志の強さが現れてきた。

「まずは、自己紹介からはじめましょう。それから、クラブに入ろうと思った動機についても、少し触れていただければと思います。フルネームで名乗る必要はありませんし、ハンドルネームがよければ、それでもかまいません」

驚いたことに、出席者の三名ほどはわたしよりも年上だった。黒服の女性はどう見ても九〇歳くらいだ。彼女は「ゲルダ」と名乗った。しゃがれ声の年老いた男性は、「蒸気」とでも呼んでくれと言った。「ドライバー」と自己紹介した紳士は疲れはてたインテリで、誰が話していようが中座して一五分おきにタバコを吸いに席を立つ、慢性ニコチン中毒者だ。セルマはそのまま「セルマ」とだけ名乗り、わたしは「シクラメン」と名乗った。ほかに、「秘書」、「ダッパカッパ」、「ヘテロでもありたくない」が出席していた。

年金生活者の「蒸気」は、定年まで蒸気機関車の運転手を勤めていた。彼がまず口火を切って、思い出を語りはじめた。

三五年前になる。わしは、ベルグ社の機関車一六四五系を首都から六〇〇キロ北上したT駅まで運転することになっていた。T駅は、いまではもう閉鎖されてしまった。

寸前になって、同僚のM運転手が、当番を交代してくれないかと尋ねてきた。聞けば、翌日に奥さんを医者に連れて行かねばならないという。わしは、すぐに申し出を受け入れた。当時はいろいろと付き合いで忙しかったし、その晩は町に出て遊びたい気分でもあった。

機関車は夜に発車して、翌朝の七時には目的地に着くことになっていた。夜中の一一時二五分に駅を出てR駅を朝六時一四分に通過したが、T駅には到着しなかった。R駅通過後は、ベルグ社の機関車一六四五系を目撃したという情報もなく、それ以降も、機関車も機関車のM運転手についても手がかりは得られなかった。

短いながらも、機関車の運転手の話はその場にいた出席者をしーんとさせた。アクセサリー、財布、本、ハサミ、携帯電話は紛失しやすい。人間だって、失踪してしまうこともある。けれど、列車は……。いったい、誰がどうやって列車を紛失するというのだろう?

移ろう現実クラブの一回目の集会を終え、わたしとセルマは歩いて家に帰った。

「こういうクラブにはまともなことってないのよ。移ろう現実クラブに入っていない人なんて、いないんだわ」セルマが言った。

「どういう意味?」

「変化したり、移動したり、方向転換したりする現実を誰もが持っているし、そういうことは一度だけじゃなくて何度も繰り返されるってこと」

セルマの言う通りだった。ゆっくりと、初めは目に見えないほどの速さだったのが次第に加速して、もう後戻りできないくらいに変わってゆく、そんな現実を持っている人もいる。一方で、「足のない男」のように、あっという間にひっくり返った現実をもっている人もいる。

その晩、寝る準備をしながら夜のことを思った。通念や習慣や慣例を落とす夜。それだって、もう一つの現実だ。活動は停止し、手は物をつかむことをやめ、足は立ち上がろうとしない。見えているのは自分の夢だけだ。人びとのふるまいは、なにも成されなかったかのように闇に沈む。夜は、もう一つの現実というよりも、実際にはそれに先だつ現実なのだとわたしは思う。夢が宇宙の基盤なのだと。ただ、夢だけがわたしたちの言う正気や覚醒や健康を可能にする。もっとも夢を見ない人も、もっとも苦しんでいる人も、どんな人も、眠りへの誘いに永遠に抗えない。

移ろう現実クラブの最初の夜、やっと眠りについたと思ったら覚醒状態に入った。そして、わたしの手首から肘にかけてひどい湿疹ができていることに気がついた。湿疹は悪性でもう治ることもなく、わたしは死ぬかもしれないと思った。けれど、亡くなった母に促されてよく見てみたら、湿疹ではなくてある文字だった。象形文字のような、金色の小さな文字だった。ペリカンが見え、猫が見え、そしてゲーテの頭が見えた。

黒い塊

黒い塊。セルマは、現象をそう呼んだ。それは、セルマを悩ませ続けてきた日常の些細な解けない問題の一つだった。黒い塊はタールを思わせるような物質で、異臭を放ち、どろりとした黒ずんだゼリー状となって屋根裏階段に垂れていた。毎日のように、木の階段を上りきったところに滴り落ちる。滴は天井にくっついて、くっついている部分がだんだんと細くなって伸びきってしまうと、ねばっこい涙となって階段に飛び散るのだ。

黒い塊と昆虫のことがなければ、セルマは移ろう現実クラブに入ることはなかっただろう。その都度塊を取り除くけれど、次に屋根裏に行くと、月曜日であれ、水曜日であれ、金曜日であれ、見知らぬ物質は塊となって再び現れていた。おそらく、湿気を遮断するための材質がなんらかの理由で液状化したのだろう。もしかしたら、コウモリの排泄物かもしれない。だとしたら、狂犬病ウイルスに感染することもありえないわけではない。どこかに分析を依頼したほうがいいのだろうか。

セルマはシメオンに聞いてみたけれど、彼はまともに取り合わなかった。シメオンは、ちょうど科学哲学的な連載記事「真実と理論」の最後から二番目の章を書いているところだった。話は聞いているようだが、シメオンにしてみればなにをセルマは心配しているのかわかっていなかった。というのも、セルマはいつだってなにかを心配していたからだ。

セルマは、はっと目を覚まして、胸をどきどきさせながら夜の静寂に耳を澄ますことがある。まるで、夜がいまにも悲鳴をあげ、煙を吐き、炎をくゆらし、爆音と爆発で割れてしまおうとするかのように。二つのまったく別の出来事のせいで、夜中に起きる回数が多くなった。一つはローカルな出来事だ。市立図書館の分館が経費削減のために閉館になり、セルマは図書館助手の仕事をもらえなかった。もう一つはグローバルで、遠方で勃発している三つの戦争が一つになって、それが広がって接近してきているということだった。セルマはニュースでそのことを知り、遅かれ早かれ膨れあがる危機は、いまの静かで豊かな二人の生活を壊すに違いないと思いはじめたのだ。

「なにがそんなに心配なんだ?」恐怖について話すセルマにシメオンが聞いた。「自分が関われそうなことだけを心配すればいいんだよ。戦争なんて、いつでもどこかで起こってるんだから」

そう言われても、セルマは心配でたまらず気になって仕方なかった。黒い塊でシメオンの邪魔をするようなことはもうなかったけれど、かといって、どこでそういった材質の分析ができるのか、自分から調べようとするほどの行動力もなかった。

狭くて急な屋根裏の階段。その手すりは取れかかっていて、踏み板も傷んでいる。そこに、黒い塊がゆっくりと増殖し、あるときなどはわけのわからぬ恐怖を覚えたときがあった。

日曜の朝早く、セルマは清潔な枕カバーを取って、ゲストルームの鉢植えのクレマチスに水をやるために屋根裏に行った。セルマが最上段に立って下りようとしたときだった。朝日の零れる階段廊下の戸口から男性の姿が現れた。上に反りあがった顔。セルマはもちろんこの男性をよく知っている。まだ寝ているはずの彼女の夫のシメオンだ。ただ、その稀な角度から見た、その朝影に映ったシメオンは、見ず知らずの恐ろしい顔の男性に見えた。

そんなふうに見えたのは、きっとシメオンがなにも言わなかったせいだ。彼は、おはようも言わなければ、なにも聞こうとしなかった。ただ光を背に受けて、不自然なほど精悍に見えた。シメオンは戸口そのものだった。セルマは階段に立ちつくした。彼女の指先はじんじんと痛みだし、動悸がして、胸がぎゅっと締めつけられて踏みだすことができなかった。やっとのことでシメオンが口を開いて、ふだんのように寝起きのしゃがれた声で優しく話しかけるまでは。

「ああ、ここにいたのか。もうコーヒーを入れてるよ」

なぜ、セルマはこんなにも激しくおののいたのか。それは、知っているものがいきなり知らないものになり、愛しているものが敵に見えたからだ。セルマはあとになって恥ずかしさを覚え、このことについてシメオンに決して話すことはなかった。一度だって暴力をふるったことのない平和を愛する穏やかな夫、シメオン。話せばきっと、彼をいたずらに傷つけてしまっただろう。セルマの自説によると、彼女に生じた恐怖は先祖返り的な反応で、罠を察知した動物の警戒態勢だという。なぜなら、上階から外へ導くたった一つの通り道をシメオンが塞いでしまったからであり、セルマが狭い階段で身動きがとれなくなってしまったからであった。

この出来事があってから間もなく、セルマは黒い塊を怖がるようになった。おかまいなしに滴り落ちる黒ずんだ臭い滴は天井から放たれているわけではなく、彼女の頭のなかから落ちているかのようにセルマの信心を蝕んでいったのだと思う。まるで、黒い塊にセルマの不安が凝縮していったかのように。まるで、恐怖に震える塊であるかのように。この塊にはもう触りたくも、匂いを嗅ぎたくも見たくもないと感じて、セルマは掃除人を雇うことに決めた。それに、窓もそろそろきれいにしなくてはならなかったし、もう何か月も左手の腱鞘炎に悩まされていたからだ。

「ラハヤを雇うといい。一所懸命やってくれるよ。まあ、ちょっと変わってはいるけどね。でも、本当に掃除は彼女の天職だよ」セルマの兄のヘラクレスが言った。

「ラハヤって誰？」

「館で掃除をしていて、そこで知ったんだ。月に二回、家の掃除をしに来るんだけど、彼女のことはよく知らない。美人で、賢くて、聾唖だってことくらいかな。どこに住んでいるのかも知らないし、聞いたこともない」

「聾唖？　もう、そんな言葉は使わないんじゃない？」

「だったら、ろう者か。言葉も声も出さないから、生まれつきか、小さい頃になったんだろう。でも、唇の動きで考えを読みとるんだ」

「それじゃ、家にも来るように言っといて」

そうして、ラハヤはセルマの家にやって来た。そして、セルマは変わっていった。気づかぬうちに、あるいは気づきながら、お互いがお互いを変えてゆくように。

「ねえ、もう黒い塊はないのよ！　階段はきれいになったのよ」セルマはわたしに言った。

心より、君のジクム

ライ婦人は、アマチュア劇団「心臓と肝臓」の設立者であり主宰者だ。なにか悲しいことやショックなことや感動的なことを耳にすると、ライ婦人は決まって「肝が抜かれる」と言う。劇団のいっぷう変わった名前は、ここから来ているのだろう。

婦人は生まれ故郷に住んでいる。けれども、心は別の町にある。ジクムント・フロイト(1)時代のウィーンである。婦人の寝室には、一八九九年当時のウィーンの地図が額縁に収められ、壁掛け鏡の傍に掛けられている。見知らぬ国の見知らぬ時代の町の通りも、広場も、遊歩道も、邸宅も、遊園地も、婦人にとっては見慣れた愛しいものだ。ウィーンの優美なロココ建築やアール・デコ様式のファサード、そして官能的な世紀末ウィーンの絵画や当時のサロンに精通している。亜麻仁油で黒光りしているヴィクトリア風美女の肖像画が掛けられた部屋で、サテン地ソファに座って開かれたお茶会にも通じていた。

婦人は、フーゴ・フォン・ホフマンスタール(2)の『痴人と死』(4)やアルトゥール・シュニッツラー(3)の数多くの戯曲を読み、思想家オットー・ヴァイニンガーの倫理観も論理的思考も善悪の判断もできない女性についての見解にも触れた。エゴン・シーレ(5)の『赤裸々な真実』やオスカー・ココシュカ(6)の『赤い卵』も、美術書からではあるがよく知っている。そして、エミーリア・フレーゲ(7)やアデーレ・ブロッホ＝バウアー(8)の肖像画のような国宝級の絵画の作者は誰かと聞かれれば、すぐに即答できるだろう。

フロイトもそうであったように、ウィーンの多くの人びとが町を嫌い、階級にも属さない人が多かった。世紀転換期のウィーンは深刻な住宅難で、もっとも多いときには三五人が公園の木に寝泊まりをしていた。

---

(1)（一八五六〜一九三九）オーストリアの精神分析学者。

(2)（一八七四〜一九二九）オーストリアの詩人。『アナトール』（一八九三）といった戯曲を多く手がける。

(3)（一八六二〜一九三一）オーストリアの劇作家。

(4)（一八八〇〜一九〇三）オーストリアの哲学者。性的な二元論を思わせる『性と性格』が代表作。

(5)（一八九〇〜一九一八）オーストリアの表現主義を代表する画家。自画像を多く残す。音楽、美術、文学が開花した世紀末ウィーンの分離派芸術に特徴的なエロスと歪みを描く。

(6)（一八八六〜一九八〇）シーレやクリムトに並ぶオーストリアの表現主義画家。作曲家マーラの未亡人アルマへの愛と苦悩を描いた『風の花嫁』が代表作。

(7) ウィーン世紀末美術を代表する画家グスタフ・クリムト（一八六二〜一九一八）のモデルとなった女性。

(8) 注7と同じ。

大学の図書館の閲覧室で、何週間も読みふけったときもあった。マイクロフィルムから、フロイトも読んでいた風刺作家カール・クラウス[9]の『ファッケル』誌を目を凝らして読んだ。ライ婦人は、ウィーンのオートクチュール時代の女性のファッションにも詳しかった。当時の服装は人の手を借りなければならないほどで、先進的な上流階級の女性の衣裳部屋はコルセットや紐やピンやヘアピンで溢れていた。

フロイトは音楽通ではなかったものの、マーラー[10]を好んで聴いていたということは知っていた。アルノルト・シェーンベルク[11]の無調音楽も、仕方なく聴いていたようだ。ウィーンは、ブルジョア階級とモダニズムが胎動した自由な町という二つの顔をもっていた、と婦人は信じている。家父長的な善悪とヒエラルキーとハプスブルク的義務感、そしてデカダンスとノイローゼ。ウィーンはヒステリーの町と化し、いつ崩壊してもおかしくない緊張状態にあった。

けれども、ライ婦人の知り合いの多くが、婦人のウィーンにおける知識の信憑性を疑っていた。というのも、婦人は旅行が好きではないし、ウィーンにはまだ一度しか訪れたことがないのだ。しかも、その一回というのは週末旅行だった。ウィーンで長期滞在しない理由をセルマが尋ねると、「長くいたってなんの役にも立たない」と婦人は答えていた。まさか、誰もできやしないタイムトラベルをするわけでもないだろう。

たった一回のウィーン旅行で、ライ婦人はベルクガッセ一九番地のフロイト博物館すら訪れずに、フロイトの患者だったエンマ・エクシュタイン(12)が住んでいた家の住所を探していた。ライ婦人の説明によると、そこでエクシュタインは苦しみ、出窓のそばのソファで日記を書き綴っていたようだ。

シーベンブルネンガッセ七番地には迷うことなくたどり着いた。その外観はいまでも堂々たるブルジョアの屋敷で、エクシュタインが生きていたころとはまた別の雰囲気をたたえていた。現在は、オートバイ・クラブ「ヘルズ・エンジェルス」がそこを住まいにしていた。

「……日記を書き綴っていた……」とライ婦人は言っていたけれど、婦人は、エンマ・エクシュタインの日記が本当に存在すると信じはじめたのだろうか。婦人が書いたわけではないのにそんなふうに聞こえたのも、エンマ・エクシュタインを題材にした舞台を長いこと温めてきたからだ。ライ婦人は、ジクムント・フロイトとヴィルヘルム・フリースという〝二人のやぶ医者〟ある

(9)(一八七四~一九三六)ウィーン世紀末を代表するオーストリアの風刺作家。
(10)(一八六〇~一九一一)一九世紀末後期ロマン派を代表する作曲家。妻アルマとの関係のことでフロイトの診断を受ける。
(11)(一八七四~一九五一)無調音楽と一二音技法の創始者。西洋音楽に支配的であった和声的で全音階的な調性を破り、オクターブ内の一二の音に均等の価値をもたせた。現代音楽の動向に影響を及ぼした作曲家の一人。
(12)ヒステリーと鼻の痛みと鼻血に悩んでいたフロイトの患者。外科医フリースによって手術が行われたものの、ガーゼの取り残しのために鼻血は止まらず悪化して、エクシュタインは愁訴した。

いは〝二人の魔術師〟の手にわたったエンマ・エクシュタインの不幸な運命を舞台化した。エンマ・エクシュタインは二人の実験台にされ、野望と誤った理論のモルモットにされたあげく破滅に追いこまれてしまった。

エンマ・エクシュタインの徒労に終わった人生や虚しくて苦痛に満ちた日々に、ライ婦人は夢に見るほど全身全霊をかけて取り組んだ。夢のなかで、婦人は目抜き通りに近いリンク通りに立ちつくしていた。大勢の人が行き交う通りを歩く女性たちは、最新の流行に身を包んでいる。婦人は、オフィスや売店やクリーニング店や銀行やカフェや用事に急ぐ歩行者たちから、邪魔だと言わんばかりに押されてもなお通りの真ん中にびくともせずに鎮座している。そして、見知らぬ人を呼びとめてはこう尋ねていた。

「エンマがどこに引っ越したか、ご存じですか？」

ライ婦人は、頭のなかでエンマ・エクシュタインと会話し、一人でいるときも声に出して話していた。エンマ・エクシュタインの運命を自分の人生と重ね合わせているようだった。はっきりとはわからないけれど、ライ婦人は、自分が恵まれない状況にいて、周りの人から誤解されていると思っているようだ。婦人の女友達は、誰一人としてそんなふうには思っていないのに。

舞台は、フロイトの敬愛する友人であり、耳鼻科医のヴィルヘルム・フリースが一役担うパロディー・ミュージカルになる予定だ。フリース役には、「左の下鼻甲介の三分の一を適切なゾンデで切除しよう」という台詞を、ファルセットで歌ってもらうことになっている。そして、フロイトは重々しいバスでこう歌うだろう。

――ガーゼがちぎれることは、もっとも幸運で、もっとも用心深い外科医にも起こりうる事故の一つです。そのことで誰も君を責めることはありませんし、僕には責める人の気が知れません。

――心より、君のジクム

スモモ

スモモみたいな人もいる。柔らかくて、もぎたてで、思わず口に入れてしまいたくなるような。しかし、スモモには石のように堅い種がある。そのことは覚えておいたほうがいい。

たまに、良いことと悪いことが連続的に発生するような場に迷いこむ人がいる。そういう場は、建物であったり、地方であったり、特定の人が関わる特定の場所における短い期間であったりする。

わたしも経験したことがある。夜中に、玄関をガタガタ揺らす音で目が覚めたときがあった。ところが、玄関を開けてみても誰もいない。キッチンの窓に小石を投げられたときもあった。でも、人の姿はなかった。寝室の壁紙の下からカリカリと引っ掻く音が聞こえたときもあった。まるで、誰かが、あるいはなにかが壁紙を爪で引っ掻いているような音だった。電話が鳴って受話器を取って、外国語でひどい言葉を浴びせられたときもあった。わたしへの暴言なのか、わたしではない誰かに対してなのか。そんな〝とき〟を、わたしは〝場〟と呼んだ。でも、あとになって自分自身が場そのものだったことがわかった。

人によっては特徴づけにくいなんらかの磁性がある。それが見られるのは、おそらく若いときに体験するような危機や困難な状況に陥ったときだけだろう。良いこと、悪いこと、奇妙なこと、ある特定の現象が頻繁に繰り返される。どこへ行こうが、たんなる傍観者に見えようが、出来事の余波がついてくる。自分では、自分の特性について知る由もないのだが、触媒の役割をしているのだ。

わたしの考えでは、ラハヤはそういった人間だ。

彼女は、聞いたところによると北部の出身で、大家族の小規模農家の娘らしい。ライ婦人だったか、ヘラクレスだったたか、情報提供者ドルイドだったたか、誰から聞いた話だったたかはよく覚えていない。ラハヤ本人がプライベートなことに関しては堅く口を閉ざしていて、両親や兄弟姉妹や友人についていっさい話さない。彼女がどこに住んでいて、なにに興味をもっていて、(もし、いるのであれば)どんな友人がいるのかを誰も知らないのだ。

ラハヤは手話ができる。ただ、悪いことに、蜜蜂の館でできる人はラハヤのほかに誰もいない。けれども、耳が聞こえないながらも聴くことはできる。しゃべっている人の唇の動きから言葉を汲むのだ。とるに足らないつまらない話から重大な秘密が明らかになることもある。そんな感じだから、ラハヤみたいな聞き手は恐ろしい。人に期待しすぎるのはよくない。それはまちがっているし、望みすぎだし、そもそもよいことは起こらない。

ラハヤの言葉は豊かですばらしい。単調でぼそぼそとではあるが、本人がその気になれば話すのだ。このことは、ヘラクレスもほかの多くの人も知らない。彼女は、話す相手をルールで選んでいる。どんなルールなのか、わたしにはさっぱりわからない。彼女は、美しい額の奥で、そして煌めく髪の毛の下でなにを思っているのだろう。わたしにはわからなかった。

「つまり、選択的な記憶だ」まるで知っているかのようにヘラクレスが言った。

「ラハヤは、月光と、銀と、蜂蜜が一つになったようなものだ」シメオンが夢うつつで言ったことがある。彼にしては、聞き逃せない意見だった。

耳の聞こえない人を障害者呼ばわりしたり、ましてや欠陥があると見なしたりするのはよくない、と誰かが言っていた。むしろ、そうではなくて、彼らは異なる文化圏にいるということだ。知覚は情報を分かちあう。知覚は認識を分かちあう。知覚は認識そのものなのだ。知覚のうちいずれかが機能を停止したら、ほかの感覚でどんなふうに補えばいいのだろう。残った感覚器官が発達して進化しても(いずれそうなると言われてはいるが)、聴覚が盲目によってもたらされた欠如を補い、あるいは抜群の視力で聴覚を補ってもバラの香りも鳥のさえずりも見える人はいない。色が聞こえる人もいない。物体のかたちや数、そして距離感を嗅ぐ人はいないのだ。

ラハヤは孤独のオーラを放っている。そのオーラを破ろうと頑張っているときもあるけれど、うまくいかない。蜜蜂の館で独特の雰囲気を醸しだし、神秘的で愁いを湛えながらも恐怖を感じる。穏やかで控えめな彼女のうちに、なにかが、密かに、そして速く移り変わる。希望が恐怖となり、懇願が抑止となり、表情がおそろしくも無表情となる。そういうラハヤの非対称さに、わたしは戸惑う。

ライ婦人が、かつてラハヤにこう言った。

「あなたは無秩序とエントロピーと闘っているのね。そう勘ちがいしていた詩人に比べれば、あなたのほうがずっとましよ。彼は、ひどい無秩序しか起こさなかったもの」

ラハヤは、仕事に真摯にそして誠実に取り組んだ。清掃技術の進歩に敏感で、製品が合成であれバイオであれ使っていた。彼女の清掃カートには、牛の胆汁を配合した染みぬき、抗菌タオル、噴射スプレー型クレンジング、ワックス、ジェルクリーナー、ノンガススプレー、クレンジングクリーム、毛玉取り器が入っている。製品の取り扱い方法をよく読んで、書かれてあることはすべてすっかり信じこんでいたと思う。

●どの角度からでも噴射できます。
●チューイングガムを除去します。
●清涼感のあるさわやかな香りです。
●カビと汚れを根こそぎ落とします。

●DNA物質による染みにも使えます。

ラハヤは、蜜蜂の館を滑るように静かに清潔にしてゆく。聴覚障害者にとって、音をたてないようにすることは容易ではないだろうに、ラハヤはひたすらこつこつと働いてまるで頑張りすぎるスタハーノフのように精を出す。彼女の仕事ぶりをたまに見かけるが、几帳面に、一心不乱に、徹底した精確さで掃除している。掃除に対する本物の熱意だと思う。掃除をすることが生きがいであり、天職であるかのような働きぶりで、実際そうであった。

客の多くは、蜜蜂の館やそこに集う団体を通して知り合った。日曜日の晩は、稽古か舞台を終えた劇団「心臓と肝臓」を掃除する。平日は休憩所に掃除機をかけて、ほかに少なくとも三、四軒を回っている。毎週月曜日は、ポルノショップ「快楽」の開店前に棚と床を雑巾がけし、そのあと、「名誉教授」の自宅を掃除する。隔週の月曜日は、わたしのところに来てもらっている。火曜日は「免疫学者」と「足のない男」の家を回り、晩に蜜蜂の館の部室をきれいにする。毎週水曜日は免疫学者の娘「豚小屋」の家、セルマとシメオンの「ふたつの頭をもつ昆虫の家」（セルマには話していないけれど、勝手にわたしはそう呼ぶことにした）、それからまた名誉教授の部屋を訪れる。隔週の木曜日は、「パラノイド」と「名誉領事」を訪ねて、そのあとヘラクレス、老肖像画家、そして再び蜜蜂の館に掃除をしに行く。毎週金曜日はまた名誉教授と蜜蜂の館の部室を掃除し、最後にシーグベルトとハイブロットの住居を訪ねる。

そうして、ラハヤはわたしたちの無関心を知り、埃を知り、ゴミを知り、残飯を知るのだ。わたしたち自身が忘れてしまうものを。私生活だけではなく、町の状況や時代の流れの証であるそれらの存在を。

けれど、ラハヤが土曜日になにをしているのか、知っている人は誰もいない。

ヘラクレスと彼の爬虫類たち

ヘラクレスは、革新的で独創的なアイデアを持ったビジネスマンである。ただ、それが売り上げに貢献したかというと決してそうではない。彼は、コーチング・スキルや目標達成ツールを提供するコンサルタントをしていたが、のちにＵＦＯ誘拐事件のカウンセリングをすることを思いついた。ビジネスプランとしては、クライアントを脅かしうるアブダクションから特別防護装置やハイテク機器を使ってそれを未然に防ぐというものである。種類としては、ビデオカメラシステム、ポケットサイズ警報ブザー、服に装着する盗聴器などがあり、暗闇で光るブローチには「**永続サポート**」と書いてある。

ところが、運悪く、ヘラクレスの防犯システムを利用している品質検査員が、三度も誘拐されたと主張して多額の返済金を求めてきた。売り上げはすべて高価なイグアナの購入のために使い果たしたため困ったことになった。そのあと、ヘラクレスはアブダクション・コンサルタントを辞めて、鏡を使って霊性を導くサイコマンテウム業に移った。

ヘラクレスは高校生の頃から爬虫類学的同好会に入っていて、家には大型のテラリウム(1)が三本ある。設備もしっかりしていて、内装は生態系を忠実に再現している。もっとも大きなテラリウムでは、グリーンイグアナを飼育している。イグアナには、水浴び用のバットを用意して、自分の好きなようにさせている。それよりも小さいテラリウムには猛毒のアフリカ産ボアを、もっとも小さいテラリウムでは黒と白のまだら模様のアジア産ニシキヘビを飼っている。

ヘラクレスは話し好きな上、時事用語も難なく使いこなす。たとえば、「長距離走における本件はアジェンダ（検討議題）で取り上げるべきだ」とか「ディスコース的インターベンション（談話による介入）」といった具合だ。

その一方で彼のペットたちは、たまに「ピシャッ」とか「シューシュー」といった音を発する程度であとはウンともスンとも言わない。ヘラクレスの前妻は、毎日きちんと言いつけを守ってイグアナと異国のヘビたちに餌を与えていたけれど、とうとう旦那と爬虫類たちに愛想を尽かしてしまった。前妻もセルマも、ヘラクレスの趣味を物好きで困った気まぐれだと思っていたようだが、これは趣味でもなんでもなく愛情だった。

なんだかわからない理由で、子どもの頃から特定の動物に心が惹かれる人がいる。まさに、へ

（1）ガラス容器などに擬似的に生態系をつくり、陸上の生物を育てる方法。

ラクレスがそうだ。二心房一心室、角質の体鱗に覆われ、人間とのコミュニケーションもあまり望めないような静かな変温動物との間に目に見えない強い絆がある。三〇億年前にはもう、石炭紀のシダ植物であるフウインボク[2]やデボン紀のリンボク[3]の陰を這い回って獲物を捕らえていたのだ。その歴史と照らし合わせれば人類の物語なんてほんの束の間のことだ、とヘラクレスはほくそ笑む。

あらゆる哺乳類が眠っても、ヘラクレスのペットたちは眠らない。夢を見ているときだって覚醒しているのだ。

犬や猫の飼い主たちは世話をしてやればそれに応えてくれるが、爬虫類の飼い主はコミュニケーションや親交を求めてはいけない。遊びも、肌の温もりも、ピンと反応する耳も、足のおねだりも、喜んで押しつけてくる鼻も。世話をかける動物たちへのヘラクレスの愛着こそ、まさに無償の愛ではないだろうか。愛するものに、眼差しもなにも求めず、触れてほしいとも願わず、ただそのままでいいと。そうは言っても、手をかけているペットたちは、餌を差しだす彼の手やその匂い、そして声のトーンを識別してその他の一時的な飼育者と区別してくれていると確信している。この認識が、彼に深い満足感を与えているのだ。

セルマは、兄の惜しみない愛をまるで信じていない。

「お兄ちゃんの楽しみのせいで、この子たちは自分たちの生態環境から引き離されちゃったじゃない。たとえ、こんなふうにテラリウムを造ってやったとしても、こんな狭い世界は不釣り合いよ」

「そんなことはないぞ。オレのところにいれば自分の国にいるよりも長生きするし、生きやすいんだ」

「そう、でも自由も故郷もないわ」

〝実際は〟、動物への愛着は人間へのそれに対する埋め合わせにすぎないと誰かに言われたこともあったが、ヘラクレスはこう言い返した。

「そうじゃない。むしろその反対さ。どんな人間関係も動物とのつながりの代わりにはならない。どんな種であれ、人間とは異なる種の世界にのめり込むことで、世界への気づきに対する経験の狭さを実感するんだ」

ヘラクレスは、爬虫類に餌をやり、世話をし、テラリウムをきれいに掃除する。そのとき、彼の不器用な手は優しく悟ったようになる。そんな彼の姿から、訪れる人たちは真の情熱の価値を学ぶのだ。

---

(2) 石炭紀のシダ植物。ヒカゲノカズラ類。封印に似た葉痕が特徴的。

(3) デボン紀の巨大なシダ植物。フウインボクに同じヒカゲノカズラ類。木質が少なく、Y字型分枝の先に胞子嚢をつける。鱗状の葉痕が特徴的。

快楽

月曜日の早朝、ラハヤはポルノショップ「快楽」へと急いだ。肉色を帯びた特別仕様インサート、シリコーンベースの潤滑クリーム、バイブレーター、媚薬カプセル、シルバーローター、赤紫色のアナルビーズが並んだ陳列棚の隙間を、ラハヤは何度もモップがけをする。「定番人気！」と書かれたレジカウンターの棚札の傍には、Gスポットバイブレーター、クリトリスマッサージ器、モーターを搭載したペニスリングが置いてある。ラハヤがミラクルスポンジで埃を拭きとっている懐中電灯のような物体は、超伸縮素材の襞付き人工ヴァギナだ。

「大佐」と呼ばれているオーナーは、退役した実際の大佐でもある。彼は、開店前には店に着いていた。超肥満ではあるが、動作は機敏だ。Sの発音をことさら強調し、プラチナのブレスレットをつけ、店の売れ行きやマーケティング方法に目を配ることを欠かさない。店の看板商品であるヴァギナ各種を陳列しながら、ポケットサイズのジェルヴァギナをバージンヴァギナと財布サイズのミニヴァギナの間に慎重にレイアウトする。隣の棚には新商品を置いた。光るコンドームとラメ入りゼリーバイブだ。太極図柄(1)の二連のゲイシャボールはそれほど売り上げが伸びなかったが、客の目線の高さに置いた破格な値段の増大ポンプは売れた。パッケージには、「バルブによる陰圧。あなたがもっとも欲しいもの」と謳ってあった。

ショーウィンドーのデザインは大佐自らが手がけた。ラハヤを雇う前は窓はくすんで埃をかぶっていたが、いまでは大佐デザインのクリアディルドが映えている。ハート型の札書きには、「多機能に使える自信作」と大佐の文字で書かれている。クリスマスが近いので、ディルドに小人の三角帽をかぶせ、周りにピンクのシリコーンペニスを一〇本立たせた。

本日の特売品は電動バイブ式ミディアムサイズのブラックアナルプラグで、今週の特売品はサイバークローンペニスだ。回転するＤＶＤラックには、『レイプしながらわたしを奪って』とか『バージンの転寝』といった映画がチョイスできるようになっている。プラチナブロンドの女性の頭部は特別棚に置いてある。口が赤いゴムリングになっていて、シリコーン製だ。頭部型の名前は「マリリン・ラブドール」である。

快楽には、コスチュームコーナーもある。ＰＶＣ製のタイトパンツや光沢のあるビニール製コスチューム。主婦であれ、ドミノであれ、ゴスであれ、グラムロッカーであれ、メタラーであれ、どんな人にも合うと大佐は信じている。

（1）　古代中国の陰陽説に端を発し、宇宙の根源をあらわした概念。宇宙は陰と陽という対等な要素から成り、あらゆる万象の現象の理を道に説くタオイズムの象徴でもある。

SMスターターキットは、一一月に激安価格で提供した。店の奥にぽつんと置かれた棚には首枷と手枷が並べられ、持ち手がペニスになっている、ラテックス製の鞭やエアポンプ式のボンデージベッドまである。

昔の客は、知り合いに見つからないように、左右を確認しながら襟を立てて滑りこむように店に入ってきたものだ。だが、いまはまるで違う。はしゃぐように笑い声を立てながら、集団でぞろぞろと入ってくる。棚を自由に見て回り、人工ヴァギナを伸ばしてみたり、ペニスカフスを触ってみたり、快感の極限をもたらしてくれるような新商品やセール品を探し回ったりする。

商品を説明する大佐は饒舌だ。

「こちらにありますのは女性に人気の商品なんですよ。クリスマス用ラッピングにいたしますか？　そちらはですね、スーパースキン素材でございます。こちらは、強力モーターです。まちがいなしのターボ吸引でございます」

客足もなく、静かなある日、大佐はラハヤにレジの代行を三〇分だけ頼んだ。その時間帯なら客も現れないと思ったのだ。大佐自身は、事務所で営業の用事があったため、ラテックス製の鞭を携えて若い取引相手と奥の遮音室へ姿を消した。

大佐がドアを閉めたとたん、結婚式を控えて独身最後を満喫するポルッタリ集団[2]がぞくぞくと入ってきた。そして、セックスハンモックの「ラブ・スウィング」について個人的に商品説明してほしい、とラハヤに言ってきたのだ。ラハヤは何も言わずにただ首を振ると、カウンターのほうへ後ずさった。花婿もしつこくせまってきて困っていたら、奥の部屋から上気した顔で元気いっぱいになって出てきた大佐が救ってくれた。翌日、オーナーはラハヤにこう申し出た。

「ラハヤに必要なことを教えましょう。二時間くらいのレッスンで、お代はいりませんよ」

ラハヤに話しかけるとき、大佐はいつだって他人行儀だったが、その日は前日のハプニングが新しい特権を生んだかのように、前よりも親しげに話しかけた。

ただ、レッスンは徒労に終わった。

快楽の夢みるオーナーは、自分のことを商売人というよりも哲学者だと思っていた。彼には、学際的な万物の理論と名づけた彼なりの世界像があって、引力、動物磁気、人間らしい魅力は、大佐の哲学のキーワードである。

セックスあるいは恋（大佐がよく使う言葉だ）とはなんなのか？　万有引力によって物質化された、それ以上でもそれ以下でもないもの。恋は、天体の中心に影響を及ぼす重力と並ぶものであり、人間らしい現れだ。大佐は、ポルノショップ「快楽」の売り上げグラフのように目標を高く置いている。

（2）　結婚式前に行うフィンランドの独身最後のパーティー。いわゆるブライダルシャワーやバチェラーズ・パーティーのこと。

「私はアイザック・ニュートン(3)と同じ考えだ。ニュートンと私は知っている。引力とは、森羅万象なる恋の戯れの現れにすぎないということを」

(3) (一六四二～一七二七) イギリスの数学者。ニュートン力学なる古典力学の創始者。万有引力を発見。

宿命、摂理、運命、そして偶然

摂理と導きは不幸を奇跡的に避けるような状況で働くが、宿命は避けられない。「足のない男」は避けられなかった。彼は、雷に二度遭遇した。問題は、雷なんかではなく車と人間だ。宿命の前では、人間は欠片である。決まった速さで決まったコーナーに互いにぶつかり合って不可避な結果を引き起こすビリヤードボールのようなもの、あるいは天の磁石が新たな形に編み変えた研磨粉にすぎない。宿命の前では、ビリヤードボールや研磨粉の意志も起こりうる意図も関係ない。

見知らぬ二人によって、足のない男の人生は変わった。人生だけではなく、男自身も変わったのだ。二人とは面識もなく、二人にもそんな意図はこれっぽっちもなかった。水上オートバイチームの中心であったこの足のない男の巡り合わせは果たして宿命なのか、運命なのか、それとも単なる偶然なのか。そして、そこに意味があるのだろうか。

偶然というのは運命でもありうるし、思いがけなさや偶然の成りゆきや恣意性とは宿命の仮の姿にすぎない。ある人にとって偶然であるものが、ある人にとってはより宿命的である。宿命ほど出来事を決定づけない運命ですら、定め、求める。偶然が、心に意味と意識と意図という実りをもたらす。意味は、心が出来事に関与する前に果たして存在しているものなのかどうかは議論の余地がある。「真実と理論」を書いたシメオンのように、意味は心以外のどこにも存在しないという人もいる。

確かなことは、人を擲つ力は超越したなにかということだ。こういった不幸が続く背景には、悪魔か神の考えが潜んでいるような気もするが、神の意思なのかサタンの仕業なのか見わけるのはそんなにやさしくはない。なにを企んでいるのかがわからない北欧神話の運命を司る三女神ノルヌが、滅びてゆく死者のために彼を選んだのか、それとも人間の考えからするとそら恐ろしい密かな意図を実現すべく彼に白羽の矢を立てたのか。

すべてに意味があるという人たちは、不幸や病気や死や災害にはとりわけ意味があると思っている。つまり、そういった出来事は不可避に特定の人たちに生じるということであるから、おそらく、その人たちの性質や行為が出来事を引き寄せているということなのだろう。そういった出来事が〝たまたま〟足のない男のようにふりかかったとすると、それはその人自身が運命として呼び寄せたということなのか。もし、彼が選ばれたのであれば、彼ではない人は宿命や運命からまぬがれたことになる。なぜなら、宿命ではなく、摂理と導きに選ばれることを人は望んでいるからだ。

しかし、本当の真の偶然というものが存在するのであれば、誰もが無防備で、誰もが選ばれたものだ。真の偶然には意識も意義も意味もない。人間の世界には真の偶然はありえない、とシメオンに言われたことがある。真の偶然は、素粒子レベルによってのみ生じるという。その代わりに、人間の世界にあるのはカオスのような環境と偶然のような出来事なのだ。偶然にも原因がある。だから、起こることは起こるべくして起こるのだ。

シメオンは合理主義者である。合理主義者の考えでは、偶然と偶然の一致は出来事の山と谷である。あらゆる物質世界と同じように物理学の法則と力に則っている。合理主義者たちにとって、運命も、摂理も、宿命もない。

人とビリヤードボールが、特定の場所で、特定の時間に、特定の方向へ〝たまたま〟動くから衝突事故や災害や不幸は起こる。では、偶然はどこにあるのか？　なにが彼らを動かし、どのキューが彼らを突き動かすのか。ある人は「自らの意志」という。では、「意志」とはなんなのか。意志と呼ばれるものも、周囲の気まぐれや数多の他の意志の影響を受ける。それに、意志することとは出来事の必然性でもある。

人間の行為のなかで選ばれたものはどれくらいあって、突き動かすキューの意志はどれくらい固いのか。それは、その都度解決しなければならないものだ。けれども、出来事の成りゆきや出来事を引き起こす要因すべてを知りうることができないのに、どうやって解決が可能なのだろう。

アナトール・フランス(1)は、偶然は神がサインをしたくないときに使うペンネームだと言った。神とは、つまり匿名、偽名、でたらめのペテン師だというのだろうか。

偶然と運命、神の導きとサタンの悪戯、意識とそうでないものはいかに区別することができよう？

選択肢は三つだ。

●いかようにもならない。

●人生によって。

●あなた自身の選択によって。

(1)（一八四四〜一九二四）フランスのノーベル賞受賞作家。

桶──「ゲルダ」の話

「蒸気」の次に話をしたのは老カメラマン「ゲルダ」だ。

ゲルダは問いかけた。

論理的で、なおかつ人的に不可能というものが存在するということをご存じですか？　ですが、不可能なことは人的に可能にもできます。では、どうやって？　私は若いときからそのことについて考えてきました。人的に不自然なことは、いかにして自然に変えられるのでしょう。それは、一瞬にして起こるのでしょうか、それとも、じわじわと？

戦争が終わった年、私は大手新聞社に見習い生として入社しました。そして、ある兵舎に行かされました。そこでの仕事の様子を写真に撮ってこい、と言われて。仕事の内容については、行くまで知りませんでした。兵舎には、有刺鉄線が高く張り巡らされていました。

なかへ入ってまず目にしたのが桶でした。昔、衣類やシーツやテーブルクロスやリネン類を洗うときに使っていたような桶です。けれども、この桶に入っていたのは衣類ではありませんでした。この桶のなかに入っていたのは、若い少女や青年の頭、母親と父親の頭、老人の頭、そして子どもの頭でした。どの頭も、すべて刈られていました、目を瞑っているものもいれば、かっと見開いているものもいました。この桶は切断された人間の頭で溢れ返っていたのです。

桶の脇には、奥ゆきのあるベンチみたいな、ローテーブルのような平らなスペースがあって、その上に頭のない裸の死体が乱暴に積み重ねられていました。若い少女や青年の死体、母親や父親の死体、老人の死体、そして子どもの死体。どの頭がどの死体のものなのか、わかる人など誰もいなかったでしょう。

疑いなく生きている人の姿も見えました。彼らの頭はきちんと体についていて、服も着ていました。そして、殺風景なその場所で仕事をしていました。思うに、頭を体から切断していたのでしょう。どうやってそんなことが？　どんな道具で？　斧で？　鋸で？　私はなんとも言えません。頭からは、髪の毛とか金歯とか、そういった交換価値のありそうなものはすべて取り除いてしまっていたに違いありません。それだけではありませんでした。兵舎では、死体の脂肪から石鹸をつくる仕事がまだ残っていました。

生存している人間は、落ち着いてやるべきことをこなしているように見えました。彼らは、毎日の仕事が一時的に中断してしまった、どこかの工業施設の従業員だったのかもしれません。

ただ、彼らにとって、切断された頭の入った大きな木の桶や頭のない裸の死体が置かれたベンチは見慣れた光景だったことは確かです。それが、彼らの日常になっていて、そこにはもうなんら異常なところはなかったのです。最初は、この頭部切断や人間石鹸という仕事をおかしいと感じていたと思います。嫌悪感すら抱いていたでしょう。けれども、一日、二日と日が経つにつれ、仕事が日課にすらなってきたのです。食べてゆくために、生きてゆくために、人間がしないことってなんでしょうか。

このすべてを目にして、言いつけどおり、死体の脂肪が異臭を放ちながらぶくぶくと煮えたぎっている大きな鍋を写真に収めました。食べてゆくために、人間がしないことってなんでしょうか。ぶくぶく泡立っている鍋、切断された頭、頭のない死体に私はもっとも戦慄を覚えました。でも、それ以上に恐怖を感じたのは、生きている人間と彼らの眼差しでした。とても自然に、満足そうな顔をしてカメラを見つめていました。

こうしていま自分の撮った写真を見ると、石鹸をつくっている人たちの穏やかなわかりきった表情は今日でも私に訴えてきます。「これが正常なのです。これがわたしたちの人生であり現実なのです。あなたがたのもそうであるように」。

雪片と形態

足のない男は、かつて水上オートバイチームの主力メンバーだった。晴れた日に水上で焼いた頬や広い額の夏の日焼けはすっかり落ちてしまい、乗り物は水上オートバイから車椅子へと変わってしまった。

彼は、膝から下の両足を失った。認知症を患った老人男性が非優先道路を直進してきたのだ。くたびれたイタリア車のフィアットが脇道から現れて、足のない男の新しいトヨタのボディに衝突した。彼の両足は押しつぶされて、救出に数時間かかった。運転していた老人男性は死亡したため、罪と呼ばれるものがあるとするならば犯した過ちは償ったように見られた。

足のない男が切断手術から目覚めると、ベッド脇には妻と娘と息子が座っていた。ところが、三人が病院から自宅へ車で帰る途中、居眠り運転をしていた薬物ドライバーが車線をはみ出して突っこんできた。三人の車は高速道路の中央車線を越えて、トタン屋根を運搬していたトラックの荷台の下敷きになってしまった。車は炎上し、妻と娘は即死した。だが、一二歳の息子のヴァッシは車から救助されて一命をとりとめた。足のない男は、妻と娘の焼死体を目にすることはなかった。

　両足、妻、娘。こんなに多くを失って、これだけの不在にどうやったら慣れることができるのだろう？　姿は消えてしまったけれど、不在はますます存在を強く知らしめる。妻と娘が生きていた頃は気に留めることもなかったのに、いなくなってしまったいま、二人は彼の心の眼差しの中心にいつもとどまっているのだ。両足に支えられていたころは足のことなど考えることもなかった。けれど、支えを失ってからは常に足のことが頭から離れない。幻痛がする。ないはずの足が疼き、妻と娘のいない空虚が疼く。彼には依然として両足がある。ただ、それは目に見えず機能していないだけだ。彼には依然として妻と娘がいる。しかし、二人の声を聞くことも、昔みたいに喧嘩することもない。

　悲しみは、悲しみで終わらない。それは、足のない男の知覚を鈍らせ、新しい生活の日々を黒で封印するということだ。

　娘のことは、生まれてからずっと気がかりだった。娘の育て方について妻と意見が合わなかった。娘が小さいとき、言うことを聞いてもらえないと、気を失って倒れるくらいひどい癇癪を起こしていた。大きくなってからも、娘はあの手この手を使っては、泣き脅して責めたりせびったりしていた。事故に先だつ一年間、娘はかなり年上の男友達と付き合っていた。足のない男からすると疑わしい連中だった。娘の落ち着かない不安定な成長を見てきた彼の脳裏に浮かんだのは、古くさい表現かもしれないが生の渇望だった。娘にはできないものなどなく、貪欲なまでに生きようとする意欲にあふれていた。現実はそうでなかったけれど。

早く娘が成人して独り立ちしてくれたらいいのに、と彼は何度心に思ったことだろう。事故が起こる前は妻との離婚も考えていた。それがいま、娘は家を出て、妻との別れも来た。

妻と娘、どちらをよりたくさん彼は記憶しているのだろう。どちらとも言えない。娘の部屋は空っぽになってしまった。彼が退院して帰宅する前に義母が荷物をすっかり処分してしまっていた。荷物がどこに持っていかれたのかは、聞きたくなかった。

けれども、娘がいまだにどこかで生きているような気がしてならない。自分が死んだことを覚えていなくて、生きようとする意欲に燃えている彼女がどこかで生きている、と。あれほどの激情が死によって消えるなんて簡単には信じられない。

妻と娘のことを思うとき、彼は海を思う。新品の輝きを放つ水上オートバイの下にある海の深さと青さを。失ってしまった健康で逞しい足に飛び散る海の飛沫を。

秋も深まったころ、彼は低床式路面電車でヘルシンキの港近くのエテラサタマまで足を伸ばし、港に面した大通りの石堤の脇に車椅子を停めた。冷え冷えとした外海は、虚ろなまでにもの寂しく、夏の観光フェリーや水上オートバイの姿はなかった。斜めに亀裂が走った薄ら氷を通して奇妙なコンサートが響いてきた。軋むような、擦れるような、なにかが割れるような音。まるで、喉の奥から聞こえてくるような鈍くて重たい音。ある種の喉歌コンサートだな、足のない男は思った。蜜蜂の館で、隣のホールで練習している喉歌合唱団の歌を耳にすることがあったのだ。変化は起きつつあった。水はそのかたちを変えつつあった。水の現実が氷の現実へと変身してゆく。

両足と妻と娘を失ったあと、彼は考えを改めはじめた。改めたというより、それはもともとあった考えだったのかもしれない。彼がまだ実業家になる前で、水上オートバイ競技チームに入る前からずっと考えていたことだ。多くの人にとっては、とるに足らないことかもしれない。

水が氷へ変わってゆく過程は、なんと目を見張ることだろう。水は氷とはまるで違うものなのに、同じ物質なのだ。氷は、水だった頃のことを覚えているのだろうか。そして、水は氷だった頃のことを覚えているのだろうか。液体と石のように堅い固体が、いかにして同じでありうるのか。

水と氷と雪のことを考える。それらは、実際には生きてもいるし死んでもいる。死ぬと、人は形態を変えると聞いたことがある。けれど、水は氷へと変わり、春になれば溶けてゆく。冷たく固く縛られていたものが解き放たれて流れて波打つのだ。人間とはまるで違う。生から死へと形態を変えたものは、死んだままだ。一度見えていたものが見えなくなってしまったら、もう二度とこの世で目にすることはない。

初雪の雪片のように、思考の群れは深く飛び交う。雪は光となり静寂となって浮遊し、まっさらな考えとなって舞い降りる。子どもの考えのように、大事故に痛む人間の考えのように。雪片が宙を舞っているあいだはそれぞれが別のものなのに、地面に舞い降りた途端にただの雪になる。雪片は彼の車椅子に降り積もる。きらきらと軽やかに煌めく、羽毛の群れのように。けれど、それらは生きているとも死んでいるとも言えない。生命はすべて動いているのに、動いているものすべてが生命とはかぎらない。かつて生きていたものが死んでいるのかもしれない。生命、それは、良くも悪くも太陽のエネルギーを思考に変え、行動に変える。

そして、足のない男は生きている。もうすぐ、アジサシとニシセグロカモメが戻ってくる。その鳴き声は耳を劈く。キールが白波へと打ち砕く。マストは大きく軋み、溶解水が音を立てる。一度、あるいは二度だったただろうか、足のない男は春の到来で日の光に乾いた道を歩いていた。彼は誰かに囁かれているような気がした。どきどきして、ふと振り返ったけれど見知らぬ顔と人気のない通りがちらりと見えただけだった。

私は誰を愛したのか？　誰を、私はいつも愛しているのか？　もういない者をどうやって愛しうるというのだろう？　だが、それは愛しえないということではない。それは不可避であり、永遠なのだ。

それが、足のない男にとって、死によってしかえられぬ動かし難く疑いえない不死の証なのだ。

殻のなか――「ドライバー」の話

「年を取るにつれて、人は一人で充分だと思うようになるものです」

「ドライバー」が、移ろう現実クラブで話をはじめた。

彼の話をきちんと覚えているかといえば、自信はない。覚え忘れがあるかもしれないし、記憶違いがあるかもしれない。ドライバーは淡々と味気なく切りだし、ときおり咳こんで単調な思い出話に変化をつけた。


いまじゃ、付き合いの長い友人と肚を割って話すこともありません。それに、そうする必要が果たしてありますか。なにも打ち明けるべきこともないですし、そういった心理学的分析ほどつまらないものはありませんよ。喫茶店でも一人がいいもんです。一人で、その日の新聞に目を通します。仮に誰かと同席することになったら、さっさと荷物をまとめて席を立って店を出ます。昔からの知人との付き合いが面倒くさいと感じるようになれば、新しい出会いにはもっとおっくうになります。

私が一人で行動するようになったのは、早期定年退職して、田舎に移り住んで車に乗るようになったからです。

「人は、そんなに自己満足すべきじゃない」

昔の同僚に言われました。

「殻に閉じこもってちゃだめだよ」

「どうしてだめなんだい？」

「バカになる」彼はあっさりと答えました。

もちろん、彼の言っていることは正しいのです。私は、けっこうな年になって運転することを新たに覚えました。しかし、正直な話、ここ数年の間に人と付き合う能力は衰えてしまいました。輝かしい日々というものがあったとしましょう。けれど、それを懐かしんでいるかと言えばそうではなく、いまの生活と老いに満足しているんです。

小都市に挟まれた町に冬の住処を求め、移り住みました。そこは、週末も夜もバスは通りません。引っ越すまでは、自分が車を運転することになろうとは想像もしませんでした。まさか私が、朝になれば町に向かって、夕方には町を出てゆく大多数のドライバーの一人になろうとは。ドライバーというのは、以前までは自分とは別の人種で疑わしくも憧れでした。あたかも、運転には特別な能力が必要とされていて、自分にはその才能が欠けていると思っていました。

それに、環境保全への良心もありましたし、若い頃は自家用車に反対する団体にも入っていましたから。

そんなわけで、一七歳そこそこの若者や、ぴちぴちシャツからへそピアスをのぞかせてミニスカートをはいた娘たちと暗い教室で講義を受けたわけです。へそよりも神経をいらだたせたのは実習時間でした。最初は、右も左もごっちゃになって、罪のない歩行者に怪我を負わせたり、死亡させたりしたらという考えが頭から離れませんでした。歩道に近づく通行人を見ると、一〇〇メートル先からブレーキをかけたものです。

聞いているわたしたちは、この時点でうんざりしはじめた。苦しくない姿勢をとったり、セルマとわたしは目配せしあったりした。集会では、遊戯をするときみたいに地べたに車座になる。わたしくらいの年の人にとってはこの体勢はきつく、腰にくるのだ。議長にちらりと視線を投げて、ドライバーにそろそろ本題に入ってもらうよう促してもらうことを期待した。ドライバーはなぜ、移ろう現実クラブに入ろうと決めたのか？　入会と運転がどう関係しているのだろう？

若い議長もかなり厳しい表情をしていたけれど、口を開く様子ではなかった。聞き手の疲労には気に留めることなく、ドライバーは同じ調子で話を続けた。

もう発ってしまったという幸せ。まだたどり着いていないという喜び！

道は、折れて枝分かれ、合流しては離れ、上っては下る。道は、雲間からのぞく光に連なり、森に隠れ、腰折れ屋根の納屋を通り過ぎ、ガソリンスタンドののぼりをくぐりながらつづら折れてゆく。早めにともった街灯、見守る月の瞳、追ってくる孤独な家。運動と景色が詩へと昇華する頃、道はまだ誰も見たことのないものを見せます。

私は車を称えます！　車は私たちを場所と家から解放し、保護し、乖離し、温めます。それは、動く蛹です。私たちの荷物を、私たちが望む場所へ、私たちにふさわしい時期に運んでくれます。時刻表や距離や技術はすべて私たちの手中にあり眼中にある、そんなふうに想像しがちです。

みなさんはきっと、ドライバーの安心感や自由な印象は幻にすぎないとおっしゃるでしょう。だからどうだと言うんです？　同じような幻を、私たちはこの社会の至るところで生きています。そういった想像をもとに私たちは築き、驚くほど上手に生き抜いているんです。

スピードがもたらすものは、より速く目的地に着くことではありません。それは、目にもたらされるのです。運転することは、誰もが患っている、見えることへの慢性的な飢えを満たしてくれます。

寒いガソリンスタンドで給油するとき、屠殺された家畜や木材や鉄鋼や高級車を運搬しているトラックを追い越すとき、キラー・ループのサングラスをかけたドライバーが乗ったシティジープに追い越されるとき、そして飽和脂肪が滴る定食が出される食堂に立ち寄ったとき、当たり前と思っていた日常がいったん崩れ、自分のなかの心地よさが奪われます。自分ではわかっているんです。うっかり道を誤ってしまったかのような、けれども、もう馴れきって愛しく思っているこの生き方がいかに儚く偽りであるのかを。私たちの生が、いつかは人類史において悪性の機能不全のように見なされることを。誰かの年が過ぎゆき、そして駆け抜ける。残された私たち子孫は、過ごしてきた日々を、制限のない貪欲さを、怒りと羨望をもって思い出す。先人から見ると、私たちは景観を汚し、食物を腐敗させ、水を汚染し、燃料不足へと追いやった罪人です。

しかし、とってつけたように嘘を並べたてるようではありますが、ここで前もって弁護しておきたいのは、私たちが責められるのは見当違いだということです。私たちは選べなかった。時代が私たちにいまの生活を強いたのです。

高速道路を走っていたとき、黒いトヨタが私の車を追い越して右の車線に引き返しました。そのトヨタに、交差点で注意を怠った軽のフィアットが横から突っこみました。金属板が悲鳴をあげて破壊する音が聞こえ、ガラスが粉砕する様子を目にしました。私は十分に車間距離をとっていたので、クラッシュして煙を立てている二台に巻きこまれることなく安全に通過することができました。もし、フィアットが一分でも遅く来ていたら、そこにいたのは私だったかもしれない。そう思いました。でも、いまそこにいるのは見知らぬ人でした。

なぜ彼なのか、なぜ私でないのか。それは問うても仕方のないことです。なぜなら、彼だって私であり、私だって彼なんですから。

高速道路に走る光の滑走を追いかけながら、先見の明をもった人なら考えうることを私は思いました。地上を走る何百万台もの車、その走りと光によって難なく認識できる車というものが奇妙で興味深い動物種だと、彼はまちがいなく思っていたでしょう。車は、目的をしっかり持ち、決まった規則性に従って動いているんですから。車のライトを目だとしましょう。その金属ボディを光沢のある皮だとしましょう。遠くから眺めている人にとっては、それがある種によってつくられた硬い人工箱であり、箱のなかにいる脆い生物によって運動しているなんて思わないでしょう。

車が単なる殻にすぎないというなら、人間だってそうです。半ば生きていて、半ば自覚している人間。そして、ときどき、偶然に、殻がわずかに開いたときにぼんやりとした輪郭を、あるかないかの動作の影を認めます。殻が開かないときすらあります。なぜなら、そのときは殻しかないからです。

ここでやっと、アナトールが咳払いをしてドライバーの話を中断した。

「すみません、あなたが移ろう現実クラブに入会するきっかけとなった出来事が、まだ出てきていないのですが」

「もうすぐですよ。まずはその前にいったん休憩します」

ドライバーが煙草を吸いにその場を立ち去ると、わたしはほっと一息ついて立ち上がって伸びをした。腰を揉みながら窓際まで歩いてカーテンをさっと開けた。そこから、地下に住んでいる元執事のシーグベルトの姿が見えた。彼は、吹きさらしのリラの下にいて、雪の上に跪いていた。

彼は、いったいそこでなにをやっているんだろう？

サイコマンテウム

爬虫類たちは自分の部屋をもっていた。ヘラクレスは、離婚後、寝室の一部屋を新たに内装しなおして、防音施行したセッションルームにした。わざわざアメリカから注文した特別な椅子は、遠目から見ると歯科用チェアのようだ。かといって、客はそこに座って口を開ける必要はない。ただ、会話をしてもらえばいいのだ。椅子のアームには最新のハイファイ装置が設置され、ナパ皮張りでクッションがたっぷりと入っている。客が来ないとわかっているときは、ヘラクレス自身が好きな音楽を聴きながら転寝《うたたね》をしている。

この部屋で、ヘラクレスはサイコマンテウム・セッションをしている。部屋は、生者と死者が外部から邪魔されずに交信できるように内装されている。部屋の照明は落とされ、窓には厚いカーテンがかかり、天井には大きな鏡が備えつけられている。セッション中の明かりは銀の燭台で燃える蝋燭くらいだ。多くの客の話では、炎がゆらゆらと揺れるときもあれば、ほぼ水平になるときもあるし、ドアも窓も閉まっているのに風に吹かれたみたいに炎が消えそうになるときもある。そして、そういった現象を〝存在〟のしるしとして客は受けとっている。

ヘラクレスの、一時間あたりのサイコマンテウム・セッション料は高い。このビジネスもそろそろ軌道に乗るだろうし、爬虫類たちにも楽な暮らしをさせてやれる、そう彼は確信していた。初期投資を除けば経費はわずかで、霊媒師も雇う必要はない。セッション中になにも起こらなくても、責められるのは本人か、なんらかの理由で会いに来なかった死者なのだ。ヘラクレスはただ再会に最適な環境を整えるだけで、セッションを左右するのは客と客自身の感受力、そしてもちろん死者の意志なのだ。

セッションのあとは、客を詮索するようなことはしなかった。たいていの客はなにか言うものだ。「この経験にとても感謝しています」とか、「あの人が楽になったってことがやっとわかりました」とか、「ありがとう!」と心から言う人もいれば、ある人は「なんだか一瞬うとうとして、夢でも見たようだわ」とか、「これも経験としてやっておくべきだな」とか言う人もいる。

足のない男が車椅子でヘラクレスを訪れたときも、彼が誰に会いたがっているのかヘラクレスは聞かずに手を貸しただけだ。車椅子からリクライニングチェアに座らせて、シートの高さをちょうどいい具合に調節してやり、モンテヴェルディ[1]のオペラ『オルフェオ』を流して部屋をあとにした。約束の二時間後に、ヘラクレスはドアをノックして、気を遣いながらなかに入った。

---

(1) (一五六七~一六四三) イタリアの作曲家。ギリシア神話のオルフェオとエウリディーチェをモチーフにした歌曲『オルフェオ』は、朗唱技法を取り入れた劇的な表現によって、近代オペラの扉を開けた。

「車椅子をお持ちしますか？」

ヘラクレスの問いに、足のない男は黙って頷いた。その表情からはなにも読みとれなかった。

ラハヤは、月に二回ほどサイコマンテウムを清掃する。そのときは、厚手のカーテンも開けられ、町の日常の光が部屋のなかに射しこんでくる。すると、セッションルームにはもはやなんの不思議な力もなく、リクライニングチェアにすら座りたいとも思わない。陽光のもとでは、あまりに歯科用チェアを思わせて目がチカチカするのだ。ラハヤが窓を開けると、部屋に町の音がどっと流れこんでくる。落ち葉バキュームがブオンとけたたましくうなり、通りすがりの少女のいらだたしげな声が聞こえてくる。

「マジうざい」

ラハヤが帰って、窓が再び閉められる。それでも存在を続けるのは、あとに残された爬虫類たちだ。傍目から見ればこれといった変化も感じられない。ヘラクレスは、近場のバーでハッピーアワーを過ごしていて部屋にいない。アフリカボアは巣でごそごそし、エイリアンの肢体を思わせるイグアナのつややかな緑の足はテラリウムのきめ細かい砂の上でじっと休んでいる。まるで、夢に麻痺されたかのように。

この町の下にはもう一つの町がある

いつも口を動かしているヴァッシがいなかったら、足のない男の家は暗くしんと静まり返っていただろう。ヴァッシは、突然の事故から大きな怪我もせずに助かった。運が良かったと言う人もいれば、神のおかげだと言う人もいる。第一度の火傷で変形した手と突きでた狭い額は、間もなくして傷跡も消えて回復した。頭に二か所ほどひびが入ったために一か月くらい首にポリネックを装着することになったものの、体はいたって健康だった。

ヴァッシは、やたらにどうでもいいようなことは話さない。まず、朝一番にこう切りだしてくる。

「カリウム原子を絶対零度より一〇億分の一程度上で冷却し、レーザー光と磁場を加えたらなにが起こる?」

ヴァッシは自分の問いに自分で答えた。

「フェルミ縮退だ!」

ヴァッシをどうにか水上オートバイに興味を持たせようとした時期もあったが、無駄だった。

亡くなった娘は生への意欲に溢れていたが、弟のほうは無尽蔵の知識欲に満ちていた。種類はちがうが、どちらの子どもも知識を求めていた、と言ったほうが正しいかもしれない。

ヴァッシは、毎朝、グーグルの検索エンジンで科学ニュースを自動的に更新し、ポッドキャストで一五回シリーズの「中世のローマ教皇たち」と鉄器時代の考古学的発見、そしてロケットエンジンの開発を受信していた。夜のココアをかき混ぜながらミニチュア渦巻銀河を見る。箱から色チョークを取りだしてはさまざまな宇宙を描く。ある宇宙は一点へと収縮し、ある宇宙は紙からはみ出すくらいに膨張する。

ヴァッシは一二歳だ。言葉づかいは正確で、〝ばばあ〟も〝くそばばあ〟も口にしたことがない。クラスメートは彼をバカにするが、ヴァッシは気にしない。大人の付き合いだけを求めているのだ。

掃除機をかけ、埃を払い、食器を片づけ、モップがけをしているラハヤにヴァッシはつきまとう。だが、ラハヤはヴァッシの話には耳を貸さないし、仕事中は読唇する暇もないのだ。ヴァッシはそのことは承知で、かまわずにしゃべり続けた。

「新たに素粒子が発見された。Y8420だよ」

土星の衛星であるタイタンの表層が液状のメタンであることも、肉食恐竜ティラノサウルスの祖先に羽毛がついていたことも、イグアナは好きなときに心臓を停止できて、四五分間も心停止したまま生きられることも、耳を貸さないラハヤは知りえなかった。

しかし、足のない男は隣の部屋で息子の話を聞いていた。音が光へと変わることを音ルミネセンスと呼び、宇宙は、その五パーセントが普通の物質であるバリオンで、七〇パーセントがダークエネルギーで、二五パーセントが質量しかもたない暗黒物質でできていて、インド洋には摂食しない軟体動物が生息しているということを。だが、次の日には聞いたことも忘れてしまっているだろう。

「人間の体の骨は全部で二〇六本」

「ニューメキシコで二五億年前のバクテリアが蘇生された」

「嫌気性菌（D.ethenogenes）は汚染物質を食べる」

「太陽の核は氷だ」

もちろん、なにがありえないことで、なにがありうることか、よく注意して聞きわけなくてはならないことはわかっていた。そして、本当らしいことと、おそらく本当でありさえすることも。それこそ参加者たちは、勝ち抜くために、本当なのか嘘なのか、ニュースの真偽を判断しなくてはならないクイズをしているようなものだった。息子は途切れなく話し続けた。まるでどしゃ降りの雨の滴のように事実は次から次へと降ってきて、父親は聞くのを止めてしまった。すると、ふいにまた父親の耳をとらえたものがあった。

「この町の下にはもう一つの町がある。その下には、さらに二つ目、三つ目、四つ目、五つ目の町がある。アパートとか高層住宅みたいなんだけど、下に向かって深い。そして、それは成長を止めない」

「なんのことだ?」父親が別の部屋から叫んだ。

「なんのって、なに?」

「その町のことはなにに載ってたんだ?」

「覚えてないよ。みんなが知ってることさ」

たった一度だけインドに旅行したことがある。その旅で、地下に住んでいるヘビ人類について話しているのを聞いたことがある。パタラとボガヴァティという地下都市に住んでいた。息子はきっとこの町のことを話しているんだろう。それとも、死者の世界のことだろうか? 黄泉の国? ハデスのことか? 母親と姉がそこに住んでいると息子は思っているのだろうか?

だが、足のない男は、デリケートな問題ゆえに配慮して聞いてみたい気持ちを抑えた。ヴァッシはとめどなく話してはいるものの一度だって事故のことに触れたことはないし、ましてや母親や姉のことは口にしなかった。それに、足のない男かほかの誰かがヴァッシのいるところで事故の話をすると、すぐに部屋から出ていった。

「ラットの脳細胞は飛行機を操縦するようになった」

「太陽系最遠の天体セドナは冥王星より三倍も遠くで公転している」

「四角形の細菌がいて、それが塩水湖をピンク色に染める」

足のない男は聞くのを止めて、地下都市を、妻を、娘を思った。新しい義足のトレーニングがはじまってもなお、思っていた。

ラハヤはリビングで次々に棚から本を手にしては、摩訶不思議なスポンジで埃を拭きとっている。息子は次から次へしゃべり続ける。早春の凍てつく寒の雨が窓ガラスを激しく打つ。それに向かって、ランの小さな花冠が希望を抱いて咲いている。寝室で、足のない男のカーボンファイバーとシリコーンジェルの義足がしなやかにぶつかり合う。ピンク色の塩水湖の上空を、ラットの脳細胞が操る飛行機が飛ぶ。人間が地上で死ぬと地下都市に新たな住人が増える。死者の町からなる塔は、栄養を求める根のようにまさぐりながら地核を目指す。

新しい義足のたよりない足音も、話し声も、雨音すらも、ラハヤは聞いていない。まるで、大きな貝殻で両耳を塞いでいるかのように。まるで内海の潮騒しか聞こえていないかのように。生まれつき盲目の人に暗闇がないように、生まれつき聾唖の人には静寂がない。潮騒は絶えず鳴っている。蜜蜂の巣の群れる羽音のように、遥か彼方の粉塵のように、入れ子のように重なり合った町のざわめきのように。

ツバメはもういないけれど──「秘書」の話

移ろう現実クラブで、次に話をはじめたのは「秘書」だった。

小学校低学年まで、私は内陸の小さな町に住んでいました。そのあと、電気工をしていた父の仕事の都合で、南の海岸沿いに引っ越してきましたから、もうかれこれ三〇年以上訪れていません。

役所の研修会に参加したことがきっかけで、ふるさとに帰りました。町で唯一のホテルで朝を迎えましたが、あまりにも早くに目が覚めました。これから行われる研修会で、顧客中心のサービスを目指す情報システムインテグレーションについて話すことになっていて、私はいくぶん緊張していました。結局一睡もできず、昔住んでいた家に行ってみようとふと思いつきました。朝日はようやく昇りはじめたばかりで、新聞配達人を除いて町はまだ眠っていました。人気のない通りには、しおれて丸まった朽ち葉が朝風に踊っていました。

国民学校を通り過ぎました。そこでもっとも心に残っているのは、小学一年生のときにズボンにおもらしをして、顔から火がでるくらいに恥ずかしかったことです。ボール遊びをした運動場も横切りました。祖父が誕生日祝いにくれたフィンランド式野球のペサパッロ用のグローブで練習をしました。すぐに家は見つかりました。黄色い外壁の二階建てのアパートで、昇降口が二つに、部屋数は全部で八室あります。バラック小屋と言う人もいるでしょう。そこに住んでいたときから建物はかなり老朽化していたのですが、あれ以降リフォームした様子もありませんでした。壁は剥がれ、狭い庭のマット用の物干し竿は斜めに傾いていました。庭で唯一の大きなナナカマドは、すっかり裸木になり、赤い実が鈴なりになっていました。子どものころ、木から落ちて膝を怪我しました。でも、変ですね。その木はそれほど成長していないように感じました。

二階の台所の窓を見て自分の目を疑いました。いまだに、母が掛けたカーテンが掛かっていたからです。そのカーテンのことはよく覚えています。母について町に出て、安い商店街で買い求めたものでしたから。その生地を私はとても気に入っていて、実際、自分が選んだものだったのです。青地に小さな黒いツバメの群れと白い雲が描かれていました。後にも先にも、同じような美しい柄の生地には出会っていません。昔からのクリスマスの歌を耳にするたびに、家の軒先に巣をつくったツバメとカーテンのツバメのことを想います。

ツバメはもういないけれど
草花綻ぶそのときに
ツバメはきっとここに来る
愛しい人を傍に

（ヴィクトル・リュドベリ著『トンットゥ、家の守り神』）

母がジャーマンポテトの焦げの匂いを換気しようと台所の窓を開けると、陽光がカーテン越しに射しこんできました。風にカーテンがはためいて、カーテンのツバメは本物の鳥の群れのように滑空しているように見えました。

建物からは出てくる人はいませんでした。遠く町の喧噪は聞こえてきてはいましたが、きっとまだみんな眠っていたのでしょう。一陣の風に吹かれて、ナナカマドはその熟れた赤い実を私の目の前にふるい落としました。なんだか休みたくなって、日の当たる階段にしばらく腰を下ろしました。

私は子どもに還っていました。朝ではなく夕方のひととき、わたしはガラス工場から帰宅する母を待っていました。いつものポプリンのジャケットをはおって、スカーフを頭に巻いて、はち切れそうな買い物袋を片手にさげて、コーヒーマウンテン通りを駆けてくる母を待っていました。母は、仕事帰りに牛乳と食料雑貨屋に寄っていました。父が帰宅したら、目玉焼きとボローニャソーセージと前の日に茹でておいたジャガイモをいっしょに食べて、デザートにはホイップクリームを添えたプルーンスープもいいなあと、待ち望んでいました。母がコーヒー豆を買ってきていたら、二人はコーヒーを飲むでしょう。もし、挽いていないコーヒー豆だったら私がコーヒーミルで挽いてあげます。匂いはあんなにも香ばしいのに、味は本当にまずくて驚いたものです。

そのあと、午前中に講演を終えました。なかなか満足のいく出来だったと思います。お昼は、役所の情報システムの相互運用性の標準化を支持する講演を行った企画長と同席しました。その席で、生まれ育った家を見に行ってきたことや、その辺りも昔のままで様変わりしておらず驚いたことを話しました。

「どちらにお住まいだったのですか？」たいした関心もなさそうに企画長は聞いてきました。

「コーヒーマウンテン通りの運動場の向こうです」

「その辺りはすっかり新しく建て直されて、新興地域になっていますよ。もうずいぶん前に、古い家屋は取り壊されましたから」

「でも、私たちの建物はありましたけど」

研修会が終わると、企画長が車で鉄道駅まで送ってくれました。その途中、運動場と通っていた学校を通り過ぎて、コーヒーマウンテン通りに到着しました。

「お住まいはどちらでしたっけ?」

きっと、昨日の朝は考え事をしながら歩いていたのだと思います。住んでいた家を覆い隠すようにそびえる新しい白い建物に気がつかなかったのですから。すると、辺りは一瞬で知らない場所に変わりしました。

「あの新しい建物のすぐ向こうなんです」

私は昔の家をもう一度見たくて首を伸ばしましたが、もう目にすることはありませんでした。走り去る車から滑るように見えたのは清潔感のあるモダンな高層住宅ビルばかりで、ガラス張りのバルコニーには衛星アンテナが取りつけられ、駐車場には真新しいシティジープが停まっていました。

「どうやら、見まちがいのようでした」

抗いえないふるさとへの想いが私の目を濡らしました。

ネズミと合理主義者たち

シーグベルトと彼のハイブロットは蜜蜂の館の地下に住んでいる。ミニキッチンの付いた一七平方メートルの部屋には、当時、心の病の診療所の用務員が住んでいた。用務員の家族四人に加えて義姉も同居していて、彼女は空気注入式のエアーベッドを玄関に敷いて眠っていた。いまはシーグベルトとハイブロットの二人住まいだが、部屋の状態は昔とほとんど変わっていない。りんご柄の壁紙の染みと破れは、用務員時代にもまして目立ってきたほどだ。薪コンロは当時のままだが、シーグベルトは電子レンジと電気ポットしか使っていない。

シーグベルトはもともと神学者で、いまは失業者リストに名を連ねている。彼は、超合理主義者宣言をして、教会の執事職を辞めた。知人は、シーグベルトが立派な職を捨てたのも、なんらかの精神障害のせいだと思っている。

小さなドルイドは、問題は超合理主義ではなくむしろ酒にあると確信をもっていた。

シーグベルトのハイブロットは、マグカップほどの大きさのハイブリッド型ロボットだ。その中枢神経にはラット脳細胞が埋めこまれている。実際のところ、まだ試作機の段階で、認識するハウスロボットを仕事上で開発しているシーグベルトの友人がつくったものだ。その友人に、ほとんど押しつけられるように渡された。遊び心で長いピンクのネズミの尻尾をつけてみた。通常のパソコンのように高速データ通信やスピーチ・シンセサイザー機能もついているが、画面とキーボードを接続する必要があるためにハウスロボットとしてはいくぶん手間がかかる。ハイブロットは、明るいニュース用、暗いニュース用、雑音、多重音声など、一二種類の音声を使いわけている。

毎朝、シーグベルトはハイブロットに地域ニュースを読ませている。その間、髭を剃って朝食の準備をする。世界のニュースは聞こうとしない。遠方で起きている戦争や、その戦線が新たに拡がってこちらに接近し続けているといった暗いニュースは聞きたくなかったのだ。朝食にも時間をかけない。飲むのはインスタントコーヒーだけで、レーズン入りのオーツクッキー箱を新しく開けて間に合わせる。

「地域ニュースを読んでくれるかい?」

ハイブロットは、明るいニュース用の声で読み上げる。

「ソーセージを一本食べました。妻がナイフで殺害しました」

「ほかには?」

「露出狂がピザ屋で車を投げました」

「それから？」

「近所の芸術家が男気で肖像画を描きました」

「もういい。今度は掃除をしておくれ」

掃除をするロボットということでハウスロボットと呼ばれているのかもしれない。テーブルの上にレーズン入りオーツクッキーの食べかすがぽろぽろ落ちるたびに、ハイブロットは掃除機をかける。シーグベルトはそういったクッキーを夜食にもしていて、ほかはこれといって口にしない。

三月になって、不思議なことが起こりはじめた。小さくてかわいらしい砂山が全部で五つか六つくらいだろうか、氷と雪をかぶった裏庭にぽこぽこできはじめた。シーグベルトはわけがわからなかった。地面はまだ固く凍っていて、子どもがプラスチック製のスコップで穴を掘れる状態ではないし、蜜蜂の館には子どもは訪れない。誰がそこに砂山を並べたのだろう？　そして、いったいなんのために？

砂山は早春になるにつれてますます増えていった。どれも同じ大きさで、だいたい二〇センチほどの高さのものばかりだった。

ほどなく謎は解けた。まっさきに気づいたのはシーグベルトだった。蜜蜂の館の裏庭に設置したコンポストにネズミが穴を開けたのだ。そのなかには、一年分のカフェの残飯や半分だけ食べ残されたデニッシュパンや日が経ったクロワッサンやコーヒーかすが捨てられていた。それで、砂山がコンポストをぐるりと囲んで盛り上がっているわけもわかった。雪が溶けると、砂山がこんもりとできていた深い穴が露になった。裸の枝をさらした花水木とリラの木々の下で、三月の大地には何十平方メートルもの穴がえぐられ、木々の根は噛みちぎられていた。裏庭はすっかり洞穴になっていて、ネズミ社会の地下通路網が張られ、それは日に日に拡大していった。

ネズミの巣が見つかると、市の衛生係が状況を確認しに訪れた。厳重な処置が必要だった。集会所にやって来る人がでっぷり太った齧歯類たちに出迎えられるなんて、いい気分じゃない。古いコンポストは処分され、金属製のコンポストを新しく求めた。花水木は切り倒され、土は耕運機で耕され、「ホイホイ」会社が裏庭に殺鼠剤を設置した。

すると、再び裏庭に平和が戻ってきた。ネズミの死骸は誰も確認できなかったものの、生きたネズミも確認できなかった。ネズミはとても賢い、というのはおかしいだろうか。食べ物に毒が入っていればもちろん察知するし、一匹に毒味させる。死骸は一匹で事たりるのだ。そうすれば、もう餌には近づかないのだから。

「ネズミよりもさらに賢い動物をご存じですか」ホイホイ会社の代表者がシーグベルトに言った。「猫や犬はもちろんもっと利口でしょう。カラスもそうですし、当然イルカも」

「そうでしょうか？　それよりも、もっと利口な生き物がいるんですよ」ネズミ男が言った。

「よろしいですか、動物界はとても合理的に機能しています。人間界よりもはるかに理性的に。顕微鏡でしか確認できないような生き物ですらそうです。よろしいですか、ネズミと猫には共通の寄生虫がいます。その寄生虫はネズミを激変させます。本来なら猫の尿を毛嫌いするはずのネズミが、寄生虫のせいで大好きになるんです。猫の尿で快感を覚えるからこそ、ネズミは引け目を感じながらも猫のそばへ死を求めるのです。そして、猫はネズミを殺して、再び自分の内臓に寄生虫を入れ、そうして寄生虫は円環し続けるのです。驚くべき自然！」

それに、驚くべきは科学技術だ。ネズミの巣がコンポストから発見されたまさにその日、ハイブロットの動きがおかしくなりはじめた。話し方もいいかげんで、ついにはしゃべらなくなった。故障の原因を突きとめようとしたけれど、見つからなかった。

リセットと再インストールを数えきれないくらい試みてやっと動きはじめたけれど、以前とまったく同じ状態には戻らなかった。あてにならない動きをするようになり、どういうわけか、喉歌合唱団のようにざわざわと鳴りながら多音声でしか話さなくなったのだ。

ホイホイ会社のネズミ男の話がずっと頭にひっかかっていた。寄生虫は、自分の成功を裏づけつつ、ネズミを死に追いやる策略で騙したのだ。それは化学にすぎなかったかもしれない、あるいは、単に本能だったのかもしれない。けれども、シーグベルトには、化学であれ本能であれどちらでもいいことだった。知るよしもない情報が生き残り、寄生虫一族を増殖させたのだ。それなのに、知能も理解も他の自然物に比べて優位に立っていると思っているわれわれという種は、さまざまな方法で自らを刻一刻と破滅へと導いている。ネズミ男の言っていることは正しい。これ以上の深刻な狂気や大いなる愚かさは、自然のどこを探しても徒労である。

自分を超合理主義者だとするシーグベルトは知能を思った。絶対の確実性をもって働き、あらゆる創造物において自分を表現する知能。理性が一瞬でも働けば、人間にもないことはないのだ。

パラジスト、脱字者、とじこみ屋

鯨の歌は、人間の言語と同じくらい複雑な階層構造をしている。

パラジストクラブのメンバーはごく数人だ。黒服を纏った若い男性が四、五人と、摂食障害の少女が一人。少女の顔は真っ白で、緑の口紅が塗られ、左の目尻から口角へ向かって血色の涙の筋が引かれている。クラブのリーダーは肌の荒れた若者だ。彼の着ているレザージャケットの背中には「CHEEZ CHEEZ CIAO SHIT」と書いてある。これが、いわゆるルシファーの目と呼ばれている第三の目らしい。その目は誰の目にも見えないが、その目で普通は気づかないことが見えるのだ。

休憩所でエスプレッソコーヒーを飲んでいたとき、カップの脇に置き去りにされた紙に気がついた。その紙には、「真の神は堕天使ルシファーである。エデンの園のヘビが真実を物語っている」と書いてあった。パラジストが書き残したものだろう、その紙は、台形で豪奢に飾り立てられていた。シメオンが言うには、パラジズムはある記者が一五〇年前に考えだしたメディア戦略で、それで報道機関を騙し、一般の人びとを怖がらせたにすぎない。このネオパラジストは、ルシファーや魔術やヘビをまともに信じているのだろうか。それとも、信じていると主張しているだけなのか、パラジストのようにふるまっているにすぎないのか。もしかしたら、それこそが本当の目的で、そうやって人びとをばかにしているのかもしれない。

彼らは、リーダーをヴィクトルと呼び、額の前に親指と人差し指で三角形をつくって敬礼する。わたしは、ヴィクトルのことを「不機嫌屋」と呼んでいる。いつだってひどく機嫌が悪そうなのだ。

ヴィクトルとラハヤが付き合っているとセルマに言われたときは信じられなかった。ところが、移ろう現実クラブの集会が終わってたまたま二階の大ホールを通ったときだった。ホールの隅にすっくと立つ鉢植えの巨大なヤシの木から、押し殺した罵声と衣擦れの音を耳にした。まるで、禁じられた行為を邪魔されたような声だった。出窓のそばに不機嫌屋が立ち、そこでなにかをポケットに押しこんでいた。気づかれた不機嫌屋は悪意に満ちた目をわたしに向け、ラハヤはわたしに声をかけることもなく階段のほうへ姿を消した。ラハヤが誰と付き合おうとわたしには関係のないことだ。

ホールの二号室では作者サークルが集っていた。サークル内には、脱字者と呼んでいるグループがいる。どの脱字者も、選んだアルファベットの一文字を省いて文章を書いている。詩や散文のほかに劇を書きあげた人すらいる。

　脱字者たちは隔週の木曜日に集って、書いてきた原稿を読みあげたり、批評したり、お互いに励まし合ったりしている。「a」を使わずに探偵小説に挑戦する人にとっては、もっとも難しい作業になるが、そのぶんもっとも注目されて評価される。というのも、**ja**（そして）、**tai**（あるいは）、**mutta**（しかし）、**vaan**（むしろ）、**olla**（在る）、**tulla**（来る）、**saada**（得る）、**ottaa**（取る）、**antaa**（与える）といったような、よく使う単語が使えないからだ。だからこそ挑戦のしがいもあるし、やっとのことで第一章を書きあげたのも頷ける。

　冒頭はこんなふうにはじまる。

「みなさん、私が悪いのです。生まれたときから悪いのです。彼らは、私のせいで苦しんでいます。そのことは、わかっています」

　この脱字者は、「a」のない習慣を身につけたいからと言って「a」を使わずに話しはじめてもいた。そんなわけで、「お願いします！（**Olkaa hyvä!**）」ではなく、「うまくやってください！（**Tehkää hyvin!**）」としか言ったことがない。

　作者サークルには、文章を書くことを「テキスト的メタ機能プレイ」と呼んでいるスペシャリストもいる。彼らが話すのは、詩でも小説でも話でもなく、存在についてである。ヘルメス的な、現実逃避的な、点描主義者的な、抽象的な、具象的な、あるいは動画的な存在を書く。

あるスペシャリストの目的は、（ここで、目的について話すことがふさわしいかどうかわからないが）言葉によって、言葉そのものの薄霧を、ある種の潮騒を、意味という意味が壊滅してしまったフンダムテキストを放出することだ。そして、その結果が、意味不明な文書となる。たとえば、「mostrpruton e? Hy. Rmiory ppprufexprors nals.」とはじまって、「o imelalldial canarinoorotinonesuelmbicy d chy」と終わっている文章かもしれない。

このような文章を書いた人がパンフレットに次のようなことを書いていた。

「合理的な考えをいっさい断念してください」

とくに洗練された作者の一人が、エルゴード的でインタラクティブなネット小説を立ち上げた。つまり、それは「インターフェース」だという。この「文学史上、稀にみるプロジェクト」によって、読者は「お金も手間もかけずに簡単な申込フォームに記入」することで参加する喜びを得るのだ。申し込めばいつでも書きこめるし、書きこんだことに少しも縛られることもない。

ところが、読者はインタラクティブではなかった。申込フォームに記入もせず、惰性から画期的な文学史上プロジェクトに参加するという、わずかな労すら払わない。彼らは、選択肢も、拡充も、リンクも、テーマの絞りこみも、たった一ユーロで新たな登場人物を増やすことも要求してこない。インターフェースに関する事務的な質問には五つまで受けつけると言っているのに、困ったことに読者は事務的でない質問すらよこさない。類い稀な作品を取り巻くこの沈黙によって、作者は悲劇的とは言わないまでも半ば悲劇的な人物に仕立てあげられた。

けれども、罵倒と暴言とスパムメールをもって彼はひるまなかった。彼の精神は不屈だった。これは、彼の名誉のために言っておかなければならない。作者サークルで話す順番が回ってくると、勢いよく立ち上がって、「ここ小我の国では」と饒舌に口角泡を飛ばしながらよく毒舌をふるった。教養もなく、才能もなく、能力もなく、平均的な受け身の読者や作者について憎たらしく話し、いつまでも根に持つような言い方で見下げた人たちを「とじこみ屋」と気持ちよさそうにののしった。

ラハヤが書きはじめてどれくらいになるのかわたしは知らないが、聞くところによると、彼女は作者サークルの詩のグループに二回顔を出しているようだ。一回目は、「読者発信による詩」というテーマが先生から与えられ、一枚程度に書き上げた。先生は、処女作品『よくない俳句』で一躍有名になったベストセラー作家で、激しやすく涙もろい。それに、グループメンバーの作品について否定的なことはめったに言わない。

二回目は、メンバーがそれぞれ自分の詩を発表した。ラハヤの詩は、俳句の先生が最後に読みあげた。ラハヤは、椅子に座ったまま恥ずかしそうにうな垂れて、その表情は自ずから光り輝く髪の毛に覆われて見えなかった。

すべて跡を残してゆく。
聞こえないものをわたしは見る。
エゾノウミズザクラには黒い実が、
ナナカマドには赤い実が。

ひと滴で事たりる。
わたしの口は赤い色、
わたしの心は黒と白。
指先には脂がついている、
靴には泥がついている。
すべて跡を残してゆく。

絨毯とタペストリー。蛇口と洗面台。
すべて跡を残してゆく。
プラスチックと革。金属と木。
ひと滴で事たりる。

濡れたスポンジで拭きとって、
きれいなスポンジで乾かして。
すべて跡を残してゆく。

聞こえないものをわたしは見る。
ドルイドには皺がある。人形には意志がある。

すべて跡を残してゆく。
リラ色の真珠の首飾り。首の枷。
もっとも難しいのは真を信じること。
すべて跡を残してゆく。

名誉教授

不思議なのは人間の声だ。その脆くて澄んだ声、奥深くて広がりのある声、輝いて共鳴する声、子宮に聞こえてくる最初の音。人間はその音を聞き、その音からあらゆる音楽や詩が生まれる。

名誉教授は、喉歌合唱団の永年メンバーである。しかし、最近は、蜜蜂の館での合唱団の練習に参加することがもうできなくなった。たまに、夜になると単純な発声練習をするときもあるが、心雑音に出だしから阻まれる。

名誉教授は末期の病を患っている。書庫と美術品と相続した家具に囲まれて、自宅で療養中だ。名誉教授の免疫システムが破綻し、白血球が骨髄で異常な速さで異常にたくさん増殖したのだ。血液細胞は成熟せずに増えつづけ、白血球としての機能をまっとうしなくなった。この欠陥が彼の運命を変えた。それは、移ろう現実を意味し、別の日常を意味した。一日に二回、看護婦が名誉教授を診にやって来る。腕に固定されたモルヒネポンプで、進行する末期症状の痛みから逃れる。

元気だった秋には、名誉教授は社会における犯罪の役割をテーマに開催された犯罪学会議に出て発表していた。彼の見解によれば、ここ十数年、社会は犯罪を必要としてきている。社会を維持し改革するために、犯罪の必要性は避けられないと教授は言う。犯罪はどれもカオスと分散を促進し、新たな秩序を生みだすために必要なのだ。犯罪人は、羞恥と禁止の対象である社会のダイナモであり、動力なのだ。

いつものことながら、聞き手のなかには発表に反感を覚えた人もいた。決まって同じことを質問されるので、心の準備はできていた。

「つまり、先生がおっしゃっているのは、社会は犯罪と闘う必要もなく、警察も無駄な仕事をしているということですか？ では、社会にとって犯罪が不可欠なら、やはり裁くべきではないでしょうか。再教育、刑事政策、更生、こういったことはすべて不要だと？」

それで、彼はいつも通りこう答える。不要なわけがなく、罪を犯した人はもちろん罰を受けるべきで、犯罪の犠牲になった人はできるかぎり報われるべきだと。それでも、犯罪人や犯罪がなければ社会は凝り固まって足止めを食らってしまうことは否めない。

会議では、教授の見解について、あまりに悲観的すぎるのか、それともプラス思考が含まれているのかと議論が交わされた。ドメスティックバイオレンスや万引き、詐欺や横領、通り魔や計画的犯行、密売や人身売買、性奴隷や連続殺人は、最終的には人類の明日をより明るいものへと促進するというのだろうか。

「つまり、先生がおっしゃっているのは、犯罪から逃れることができるという希望すら持つべきではない、ということですか？」

この質問に、名誉教授はなんと答えたのだろう？　こうだったろうか？

「犯罪が誰にとっても良い結果をもたらさないような、そういうまったく別の世界を構築するべきでしょう」

なんと答えたのか、教授はもう忘れてしまった。そういった質問に答えることも、もうない。なぜなら、彼の細胞は病んでしまったからだ。年を取るほど、体が衰えるほど、名誉教授は確信していった。つまり、自分自身は細胞と同一ではないということだ。痛みに襲われたり、体の不調で内臓器官がおかしくなったりするときは、肉体と一体ではあるものの、モルヒネが効きはじめると具合が良くなることがわかる。彼はもはや、若者や健康な人が起こすようなまちがいを犯したりしない。それとも、彼の新たな信仰はモルヒネによるありがたい幻覚にすぎないのだろうか？

幻覚というのは、どちらかというと健康的で正常だと認識している生活に関係しているものだと信じていた。若いころもそうだったけれど、病と老化は彼自身とは無関係だったのだ。病と老化は鏡のなかに住んでいる。無関心と同情と恐怖を帯びた眼差しのなかに住んでいるのだ。絶望的な容態であろうことは、見舞いに来た人の力ない声の調子や丁寧すぎる物言い、そしてきちんとした言葉づかいでわかる。

鏡を見ることは避けていた。しかし、ちらりと見たそのとき、そこに見えたのは見知らぬ目をした青白い皺だらけの生気のない男性だった。彼自身は、映しだされた男性を自分だと思わなかった。自分は鏡で見ることなんてできない、そう名誉教授は思った。

自分は見ることができない。

人間は、弱い炎で燃えている。その炎は、あらゆる細胞のなかで揺らめき、個人の速度に合わせて弱まりながら激しながら燃えている。各細胞のミトコンドリアのなかで燃焼エネルギーが爆ぜ、そのなかでもなお弱い火が燃えている。その火が消えることは、つまり分散、カオス、破壊ということなのだろうか？　それとも、集合、集結、解放ということなのか？

名誉教授の昼は孤独だ。けれど、夜は一変する。群れで溢れている。知っている人、知らない人、同僚、ずっと昔に亡くなった親戚、母親、父親、おば、おじ、七〇年も会っていない学友たち。彼はこんなふうにして、もういなくなってしまった人たちに近づいたり、働いていたときはよく犯罪学を扱ったセミナーに出ていた会議に出席したり、愛していた喉歌合唱団の蜜蜂の館での練習に再び参加したりした。

名誉教授は、リモコン操作でシートの高さを調節できる電動ベッドを購入した。それで、通りを歩く人びとや教会の公園の古い菩提樹を眺めたりもできた。冬になると、公園内がスケートリンク場になる。そこに暖かく着こんだ小さな子どもたちがやって来て、スケートの練習がはじまる。同じ番号札をもった女の子と男の子がペアになってスケートをするブラインドデートスケートの晩には『美しき青きドナウ』が流れてくる。冬晴れの日には、氷は真っ白に輝き、スケート靴のエッジに反射して光を放つ。スケート靴がリンクに刻む、卓越した書道のような青い線。その様子を、名誉教授はベッドに横になりながら目で追う。そんな日は、彼はまだ生きたいと願うのだ。

電動ベッドのなかで、ルールを守らずにゲームに勝とうとする人びとを思った。ともに認めた目標や手段を拒む人びとを。

罰とは、それを待っている行為者には巡ってこない。罰とは、いつだって罪なき人を襲うのだ。罪を犯す人は、罪を受ける人ともはや同じ人ではない。死刑判決は当事者に下りてこない。なぜなら、判決は肉体に、無実の肉体に下りてくるからだ。たとえ、それが残酷極まりない連続殺人者であっても。

犯罪人とその人生、そして自らの生を思った。なんらかの動作、なんらかの音の記憶が彼の目を濡らす。そのとき、彼は思うのだ。ほんのわずかでも、もっと人を愛すべきだったと。誰でもそうであるように、老いた人は偶然のなかにある意味や像や大いなる物語の筋を探し求める。ときには、クサソテツに運命の轍《わだち》を見るかもしれない。出来事どうしは編み変えられながら繋がっている。そして、彼はいま、隠れて見えなかった繋がりを見ているのだ。

全人類、ましてや生の円環が描く像を認識できるほどに達しうる人がいるとは思っていない。だが、誰か一人でも、たとえば彼自身でもこう言ってくれないものだろうか。

「私は生まれて生きた。なぜなら……」

ラハヤは、「豚小屋」か「快楽」に行く前に、毎週火曜日、名誉教授の家に寄って掃除する。普段は言葉づかいもふるまいも丁寧な名誉教授が、ある火曜日、ラハヤにひどいことを言った。というよりも、独り言のようにぼそっと呟いただけなのだが、ラハヤは不幸にも唇の動きで言葉を読みとってしまったのだ。

名誉教授は病に伏せてから、うるさいくらいに潔癖性になった。名誉教授の書斎にある緑のランプシェードを拭き忘れたときだった。名誉教授はランプシェードを指ですっと拭くと、怠ったがためについた指先の埃を見た。そして、迷惑そうに、独り言のつもりで、ラハヤに聞かせるつもりもなくこう言ったのだ。

「仕方ないか……」

それは彼の過ちだった。多くのうちの一つ。そのことは、まっ先に彼自身も認めるだろう。多くのうちの一つ。けれど、おそらくこれが最後の。

タルパ――ハンドルネーム「ヘテロでもありたくない」の話

ハンドルネーム「ヘテロでもありたくない」の話は、わたしが移ろう現実クラブで聞いたなかでもいっぷう変わっていて、にわかに信じがたいものだった。

隣のクラスにセブと呼ばれていた男子生徒がいて、私と二人のクラスメートに驚くべき現象について教えてくれました。最初は彼のことを笑っていましたが、話が終わる頃にはもう笑う人はいませんでした。

「ところで、タルパってなにか知ってるかい?」

ある金曜日の放課後、喫茶「ニッセン」にいた私たちにセブが聞いてきました。その日のセブは、落ち着きがなくてうわの空でした。いつもとは違うセブに私は違和感を覚えました。彼は、先生も生徒も認める優等生でした。彼の話し方に微妙にアクセントがあったのは、幼少時代を東ヨーロッパとアジアという海外で過ごしていたせいだと思います。外交官の父と二人暮らしでしたから、年端もいかないころに両親が離婚したんでしょう。

その日、セブはニッセンで立てつづけに煙草をふかしていました。そして、新しい教育実習生の真似をしていたレンニの話に、ぶしつけな質問をしながら割って入ってきました。そんなセブの興奮した声の調子に、私はどうもひっかかりました。

「ワケがわかんねぇ」とトンミが言うと、レンニが続けました。

「いったいなんの樽のことさ」

「樽じゃなくて、タルパだよ。チベット用語さ。チベット語で『sprul pa』というんだけど、体や化身、あるいは映像や存在のことで、想念によってつくりだされた生命体だよ。たとえば、本の登場人物みたいなものなんだけど、書いたり描いたりして表すものじゃなくて、ただ想像するだけなんだ」

「それのどこが目新しいのさ。なんだって想像できるぜ。たとえば、空飛ぶ牛とか」トンミが言った。

「まさしく。だけど、タルパは現実化できて、物質化できるってことが重要なんだ。そのためには、修行もいるし、非常なまでの集中力も試される。目の前にあるものを注視して、何度も何度も視覚化しなきゃいけない。大切なのは、想像することよりも意志すること。普通なら、そういった出現は積み重ねの努力の末に起こるものなんだけど、本人はつくりだしたことに気づいていないというケースもある。タルパが人間の姿をしているかというとそうでもなくて、つくる人によって変わってくる。それらは、ある種のエネルギーの場とか、人工認識とか、人工知能とか呼んでもいいかもしれない」

セブは、人工知能について本当に話しだしました。喫茶店で人工知能について話す人なんていなかったので、初めて聞いたその言葉は私の脳裏に焼きつきました。いったいどうしてセブはその言葉を口にしたのか、私にはわかりませんでした。その当時は、まだパソコンが普及していなかった時代でしたから。

「だから、なんだっていうのさ。つまり、なにか想像してればいつか道でばったり出会うってこと?」レンニが言った。

「その通り」

「本気?」私は唖然としました。セブはいつだって理性で物事を考えるからです。

「なんか、ウソくせぇなあ」トンミが、意味ありげに額を指でトントン小突きながらレンニに言いました。

「時間はかかる」セブは二人の露骨な態度を気にしていませんでした。

「何週間、何か月。でも、次第に現れてくる。僕は実際に体験したから」

「へえ、その目で見たわけ?」

「見たよ」

「じゃあさ、それが正真正銘の人間じゃないって、どうやってわかったわけ?」

「僕が自分でつくったからね。このことは内緒にしておいてくれよ。まだ誰にも話したことがないから。いい?」

もちろん、私たちは約束しました。それくらい興味があったからです。セブは私たちに打ち明けてくれました。彼は、本当にタルパをつくりだしたと確信していました。自分の想いから、世界にたった一つの人物を、あるいは人物のようなものと言ったほうがふさわしいでしょうか、それを創造したのです。

セブは、こんな話をしてくれました。

「僕が八歳のときだった。父とチベットのラサに数か月住んでいて、家に黄色い袈裟を纏った修行僧が水の運搬や煮炊きの手伝いに来てくれていた。修行僧は僕とよく話したし遊んでもくれた。彼の手が空いているときは、チェッカーのようなボードゲームをしたり、チベット語を僕に教えてくれたりした。

「セブ、世界には、実際には人間ではないけれど人間のような生命体がいることを知っていますか?」

「人間じゃなかったら、なに?」

するど、修行僧がタルパについて教えてくれた。彼は、毎日のように本物の人間ではなく、意志の力によってつくりだされた人物と会話していると言っていた。

「私の友人なんです。私は、悩みがあるとその人に打ち明けます。すると、いつも悩みを解決してくれるんです」修行僧が言った。

「僕にも見える?」

「いつかきっと」修行僧はそう約束してくれたけれど、その日は来なかった。

このことについて、たしか父にも聞いてみた。父には、そんなつくり話や怪談をまじめに受けとらないように、と言われた。

「そういうのは西洋の思想じゃない。異なる文化は尊重すべきだが、自分を忘れちゃいけない。われわれの世界像は理性と調査と実験に基づいているのであって、伝説や神秘じゃない」

父はまちがっている、と僕はいまでは思っているけれど、それはまた別の話だ。とにかく、その若い僧侶が話してくれたことが忘れられなかった。そのあとすぐに彼が家を出ていったので、そのおかしな友人についてはそれ以上詳しいことは聞けなかった。おそらく、彼が出ていったのは僕とその話をしたことが関係していると思う。

それからずいぶん経ってから、タルパやそういった現象をもたらすことについていろいろと情報を探しはじめた。去年の秋に、タルパをつくりだす目的で瞑想訓練をはじめた。眠りに落ちる前とか、目覚めた直後とか、二〇分間のイメージトレーニングをする。黒髪の痩せた女性像を頭に思い描く。その女性はねずみ色のジャケットを着て、年は僕の母くらい。この新たな人間を町の各地に置くんだ。アレクサンダー通り、植物園、三番トラム、市立図書館の閲覧室、そしていま僕らが座っている図書館のなかにあるカフェに。

初めて見た人物は、植物園のヤシの部屋近くにある公園のベンチに座っていた。二度目は、僕が国立博物館前でトラムから下車したときに女性がちょうど乗車してきた。どちらのケースも姿はちらっとしか見えなかったけれど、目にした人間（人間と呼べるなら）はまさに僕が想像していたものだった。最初は、単なる奇妙な偶然の一致にすぎないと思いたかった。それくらい、僕は怖かった。でも、僕がその女性のことを思ったり、来てほしいと願ったりすると、すぐに、あるいはしばらくして姿を現した。

僕は恐怖を感じはじめている。以前は、僕が強く望んだときに現れていたのに、最近は彼女のほうから好きなときに現れるようになったからだ。僕のことなど見向きもしなかったのに、いまではこっちを見るようになった。僕と話したいような目で見つめられるときもある。

いまでも、あの修行僧の言葉が忘れられない。

「いつかあなたがタルパをつくったら、手遅れにならないうちに殺めなさい。そうしなければ、つくった人が死なないかぎりタルパは死にません」

セブが話を終えても、私たちはしばらくなにも言えずに黙っていました。私は身震いがしました。

「でも、もしかしたらホンモノのおばさんかもしれねぇぞ。たぶん、おまえに見とれてぼーっとしてたんだよ」トンミが口を開きました。

「そばにきたら、触れることはできるわけ?」私は尋ねました。

「まだ、そんなに近くに来たことはない。でも、一つだけ知っておきたいことがある。だから、こうやって話をしたんだ」

「なに?」

「ほかの人にも彼女が見えるんだろうか? 僕はそのことを知っておかなくちゃならない。まだ確信がもてないんだ。それはきっと、僕だけにしか見えない幻影なのかもしれない」

「じゃ、そのオネエさまが現れたら出たって合図してくれよ。それで、オレたちにも見えるのかどうか、言うからさ」レンニが言った。

私たちは腹を抱えて笑っていましたが、セブはニコリともしませんでした。彼は、空虚をじっと見つめていました。私たちの笑いが聞こえていないかのように、自分だけの問題を。


「ヘテロでもありたくない」は黙りこんで、思い出に沈んでいるように見えた。わたしは聞かずにはいられなかった。

「それで、彼女は現れたんですか?」

破り魔

ライ婦人はご満悦だった。ある書物を、国内外の古本屋をあたって探していた。それは、フロイトのウィーン時代の研究論文だった。それ以外に、彼女が探すものはないのだが。オンライン書店からの注文も試みたけれど、絶版でもう入手できなかった。

暑苦しい八月のある日、ライ婦人は洋梨のアイスキャンデーを買い求めた。ゆっくりしゃぶろうと、詩人の銅像の日陰になっている公園のベンチに腰かけた。彼女の隣には開いたままの本が置いてあったので、それを手にとって読みはじめた。

「問題は不可思議な咳でも声の喪失でもなく、鬱と神経質に悩まされた二年間です」

そこで、ようやくライ婦人は本の表紙をめくって見た。それこそまさに彼女が探し求めていた本だった。まるで、このために彼女を待っていたかのように、ベンチに置かれているようだった。

もし、そうではなくて誰かがベンチに置き忘れただけで、じきに探しに戻って来ても徒労に終わるだろう。なぜなら、ライ婦人は、ためらうことなく本を取ってショルダーバッグに入れたからだ。自分の行動にわずかの良心の呵責すら感じていなかった。むしろ、この町中を探しても、国中ですら、自分ほどせっぱつまったようにこの書物に用のある人なんていない、と彼女は確信していた。

「本当に盗ったの?」わたしは聞いた。

「当然です。私は悪いことをしたかしら?」

「本屋より個人からかすめとるほうがわたしは道義的に悪いと思う。図書館から盗むほうがもっと悪いけど」

「悪く思わなくても大丈夫よ。あの本は発見されるためにあったのよ」

「どういうこと?」

「家に帰ってから気づいたの。なかにチラシが挟まってあったから。つまり、廃品回収された本だったってこと」

「つまり、盗んだと思っていたけれど盗んでいなかったってこと? でも、道義的に考えれば、たとえ盗んでいなかったとしてもそれは同じくらい罪なこと。お返しに、代わりの本をあげなきゃいけないくらいなのに」

「つまり、私のことをまだ悪いと思っているのね」ライ婦人は溜め息をついた。

「でも、破り魔よりも先に見つけたことは、あなたにとっては良かったことかも」
「どういうことかしら？」
「破り魔に見つかっていたら、表紙しかベンチに残っていなかったと思う。表紙すらなかったもしれない」
「それはまた、おかしな仕業」

いったい、何度、わたしは破り魔に遭遇したことだろう。数えたことはないけれど、初めて見かけたのはわたしが小さいときだった。その頃はまだ、人間の世界でなにが起きようとも、季節はきちんと四つのまま、空気も澄んだまま、水もきれいなまま、動物も生き抜くものと思っていた。わたしだけじゃなく、ほかのみんなも。

うろ覚えではあるけれど、国民学校の埃っぽい校庭でそれらしき男性をわたしは見たと思う。校庭では、四年生の春のパーティーが催されていて、わたしにとってはそこの学校で過ごす最後の日だった。

彼は、わたしのクラスメートの父親だと思っていた。ただ、保護者っぽく見えなかった。父親や母親は小ぢんまりとかたまってパーティーがはじまるのを校庭に立って待っていたのに、彼だけは、もうすぐ若葉をつけようとしている学校で唯一の大きなポプラの下に座っていた。枝からの木漏れ日に男性の帽子とコートと本が縞模様に影を打ち、風に揺れる点と線のうごめきに彼の姿が紛れこむ。なんだか、パズル絵のようだった。

彼のことに気づいていたのは、きっとわたしだけだろう。彼は、世界には自分しかいないかのように一人で本を読んでいた。そして、ときおり、木陰から校庭の砂地に、もみくしゃにされて引きちぎられたページが一定のリズムを刻んで飛んできた。

それから十数年の間に、本とともに破り魔を何度も見かけた。幼少時代の原風景はもうずいぶん前に記憶から消えたのに、破り魔だけは残っている。何十もの白いビニール袋を財産であるかのようにずるずる引きずっていた女性も消え、半ば閉じた雨傘を覆いにして通行人に罵声を浴びせかけていた老人も消え、デパートの化粧品売り場で毎日のようにスキンクリームの新商品を試していた長い黒髪の女性も記憶から消えたというのに。

見まちがいかもしれないけれど、小さいときに見たということは、破り魔は相当な年になっているはずだ。十数年は経つのに、その姿はわたしが子どものときに見た彼とまったく変わっていない。顔はいくぶん年を取ったかもしれない。でも、はっきりとはわからない。よく顔も見えなかったし、彼はいつだって下を向いていた。服も変わっていない。時代遅れではあるが、落ち度のない、いつも同じネズミ色の服。冬は黒い厚手の外套に身を包む。

彼はどこにでもいる。カフェにも、公園のベンチにも、デパートの画廊にも、地下鉄にも、トラムにも。でも、いつだって本を手に座りこんで、深く専念して外界に耳も目もくれずうな垂れていた。吹雪くエスプラナード公園で、読書をしている彼を見たこともある。そこには、ページに落ちる雪片を何度も払い落とす彼の姿があった。本の表紙もタイトルも判別できないけれど、近くに行って見てみようと思ったことはない。だから、彼が読んでいるのはいつも同じ本なのかどうかはわたしにはわからない。

でも、こんなことってありうるだろうか？　男性は、一ページ読み終えるたびに右手で破って、左手でくしゃくしゃに丸めて放り投げるなんて。しかも、異常なくらい読むのが速い。近くにゴミ箱でもあろうものなら、そこに狙いをさだめて放り投げる。ただし、いつも丸めたページは地面に落ちるか、公共の交通機関ならば床にかまわず投げ捨てる。捨てられたページは、じきに汚れて靴に踏まれて粉々になる。

なんの罪もない通行人に丸めた紙を投げつけている姿も目にした。テンポの遅いメトロノームのように、規則的に読んだページは彼の指のなかでくしゃくしゃに丸められるのだ。本を読み終えたら表紙はどうなるのか、と考えるときもある。

破り魔が、アスファルトに落としたしわくちゃになったページを拾いあげようとしゃがんだこともあった。でも、ちょうどそのとき、知り合いに後ろから名前を呼ばれて、びくっとして背筋を伸ばした。知り合いの見ている前で道路に落ちた紙を拾うなんて、ましてや、その紙を広げてみようなんてできやしない。でも、いまでは惜しいことをしたと思う。男性があんなにも専念して読んでいたものがなんなのかが、ついにわかったかもしれなかったからだ。

もう一度彼を見かけたら、わたしはきっと近よってこう聞くだろう。

「おじいさん、なにを読んでいるんですか？　理解するために、忘れるために、それとも忘れないために読んでいるのですか？　なんでも読みますか？　それとも、なにか決まったジャンルでも？　探偵ものですか？　ＳＦ？　選り抜いた古典だけとか？　それとも、昔の日記帳を破っているんでしょうか？　過去を忘れたいからあらゆる文書を破棄しているんですか？　もしかしたら、ほかの人には読まれたくない文章を読んでいるのかもしれませんね。読んだらすぐに、まさにくずにしなければならないような低俗文学ですか？　もし、こういうことでしたら、あなたはご自分が読んでいるものに嫉妬しているんです。それとも、秘密の書物を読んでいるのかもしれませんね。誰の目にも触れられてはならない奥義の書を。あるいは、読むことができないために書いてあることが理解できなくて本を憎んでいるのかもしれませんね。

どうぞ、破ってください。でも、忘れないで。あなたがたとえ本のページを盗んでも、書かれたものは残るということを」

ドルフィーの母と預言者

過去は変えられない、そう人は言う。ところが、蜜蜂の館の預言者の一人はこう言う。

「未来だって変えられない。なるべくしてなるようになっている」

セルマとわたしは、預言者の会というものがいま一つよくわからなかった。

「いまどき、預言者って必要なわけ？　未来学者や気象予報士や自然科学者がどんどん未来のシナリオをメディアに与えているんだから、それで充分なんじゃないの？」

「おまえはわかってないな。科学は予測するだけだ。科学者はありそうなことを計算する。だけど、真の預言者は基本的に予測できないことを予測するんだ。そういうことは、過去の出来事から決められるものじゃない。だから、預言者は必要なんだ」ヘラクレスが説き伏せるように言った。

預言者たちは毎月第二金曜日に集会を開いて、新しい光景やビジョンや啓示を紹介しあっている。なかには、公人や政治家の未来を知っていると言いきる人もいる。彼らは、結婚、出産、病気、事故、そして死亡日を予言する。もっと壮大な見解の持ち主は、人類滅亡の急速な接近について話している。ただし、進化は、自己再生を繰り返すナノボットのなかで続いていくことを確信している人もいる。

賢者と呼ばれている人は、未来ではなく過去にもっぱら精通している。その彼が、過去と未来にはたいした違いはないと言う。つまり、過去は未来と同じく開かれていると言うのだ。宇宙には数えきれないくらい過去があるが、その多くは、無で、刹那的で、生きなかったものなのだ。この過去の賢者は、一万年前に原子爆弾が投下された町のことや遥か昔の世界史の出来事について事細かに説明してくれた。

元祖である預言者の会では口論が絶えない。ここから新たに分化して会が結成されるのも時間の問題だろう。ビジョンなど見ない科学的なアプローチの預言者たちは、「エゼキエル・クラブ」という団体を新しく立ち上げて活動している。一方、過去の賢者は「ノア協会」を設立したが、間もなくして会はなくなった。というのも、賢者のほかに詮索好きなドルイドしか会に来なかったからだ。あの世や天使や予知夢を信じる預言者や、「神聖なる巡礼に改心する世紀末の伝達者」を売りつけた年老いた女性のような、トランス状態で預言する託宣者は元祖の預言者の会に残留した。

五号室には、ラッダイトあるいはネオ・ラッダイトたちが集っている。彼らは不必要な改革に反対し、またあらゆる改革は彼らにとって不必要だった。宇宙探査器よりも、おとなしい土着馬に引かれる荷車に気持ちが安らぐ。都会には、そういう人がたくさんいる。とくに、古くからの住人や電気アレルギーもそうだ。彼らは生活レベルを一九〇〇年代初めに合わせ、自動車、ATMカード、パソコン、携帯電話、インターネットといったあらゆる新テクノロジーを拒否している。列車、自転車、足踏みミシンが、彼らの認めている最新機械なのだ。

当時のラッダイトたちは絞首刑にかけられて大量処刑に遭ったが、ネオ・ラッダイトたちは穏やかな人が多く、革新的な強硬派ラッダイトはごく少数にかぎられる。彼らの要望の違いからラッダイトは二派に分かれた。急進派には、ラッダイト集会に出席するときしか外出しない妄想癖に悩んでいる男性が入っている。ドルイドの情報がどこまで信じられるかわからないが、このパラノイドは世界中のネットを麻痺させて破壊しようと決意しているらしい。いままでに、一度たりともメールを送ったことすらないというのに。

ラッダイトたちが集会を開いている時間に、壁一枚隔てた四号室では大きな少女たちがきれいなロボットの着せ替えをやっている。以前、そのうちの一人に人形の名前を尋ねたことがあった。

「彼女はオリンピアよ」少女は、人形の絹のような髪をやさしく撫でながら答えた。

それを聞いて、わたしの疑いはますます募った。科学者スパランツァーニ博士が二〇〇年ほど前につくらせた自動人形の名前もオリンピアだったし、その人形は悪いことしかもたらさなかったように思う。

四号室の前を歩いていたら、少女たちがこのミュータントたちに歌を歌って聞かせていた。その歌は、覚え聞いていた子守唄だった。歌い手の、その深くて悲哀に満ちた声に、わたしは胸が詰まった。

連れていこうか、かわいいわが子
運んでいこうか、愛しいわが子
銀のお山の頂に、
金のお山の小高い丘に、
白金色の野っぱらに
黄金いただく白樺林に、
啼くよ　金に輝く郭公、
響くよ　銀に輝く鳥の歌。

（エリアス・レンロート編「わが子守唄」『カンテレタル』）

免疫学者

スタインヴュルツェルの一人に女性科学者がいる。免疫学者である。彼女は、本物のスタインヴュルツェルだ。きゅっと細い鼻にがっしりとした顎を持ち、眉毛が一本もない。あるとき、休憩所で、免疫学者と科学的世界像の犠牲者が論争している席と隣り合わせたことがあった。

「いったいどういう点から、あなたはご自分が犠牲者だと思っていらっしゃるんですか？」

「科学が、現実が理性で把握できると人間に信じこませている点です。それから、精神活動の唯一の基盤は脳の物質だと思っている点です。さらに、知識を人間的な特徴としてのみ把握している点です」科学的世界像の犠牲者が答えた。

「三度もまちがえましたね。まだお昼にもなっていませんよ」免疫学者が言った。

「科学的世界像では運命というのはなく、あるのは偶然だけで、死は知識の終わりを意味しているという点は申し上げるまでもありません」科学的世界像の犠牲者がかまわずに続けた。

免疫学者がそれになんと答えたのか聞こえなかった。ちょうど、情報提供者ドルイドがパタパタと足音を立てながらわたしの席に着いたからだ。なんでも、彼女は「エンマ・エクシュタインの鼻」で役をもらったらしい。

ラハヤは、毎週火曜日に免疫学者の家を掃除している。もし、免疫学者の科学的世界像がまさにそうなら、掃除すること自体が絶望的で無駄なように感じるだろう。ところが、免疫学者もラハヤすらもそんなふうに考えていなかった。むしろ、ラハヤは火曜日の免疫学者の自宅掃除には、普段よりも念入りに隅々まできれいにしようと努めた。ただ、残念だったのは、免疫学者に抗菌剤の使用を禁止されていたことだった。抗菌剤は害になるだけだと言うのだ。

「人の体内には、どれくらいたくさんのバクテリアがいるんでしょうね?」免疫学者がラハヤに質問したことがある。ただ、彼女は答えを待たずにこう続けた。

「一四の一〇乗。空の星より多く、サハラ砂漠の砂粒より多い。では、人とはなんなのでしょう? 主たるはバクテリアです」

それが免疫学者の人間についての考えだった。ほかの誰から見てももっともな意見であり、普通に反論の余地がないものだった。だが、セルマは、「何」よりも「誰」と問うほうがもっと大事なことだと言った。

免疫学者は、生命と人間性を免疫学者の立場から見ていた。事柄の本質は、分散と結合と混合だと言う。免疫システムが存在しなければ、人間は、窓ガラスにあたる水滴のように儚く溶けてしまうだろう。免疫システムがなければ、子どもは名前を授かる前に死んでしまうだろう。免疫システムのおかげで、そしてそれがために人間は、個として、固有の人物として、男性として、女性として、子どもとして生きられるのだ。

「脳だけが記憶しているなんて思わないように。免疫システムはもっと完璧に記憶しています。でも、記憶するためには、鍛えてあげなくてはいけません。危険と異物に晒すことによって、よりよく私たちを守ってくれるようになるんです。わたしたちは食べられる物質でできていますから、免疫システムがなければわたしたちは食べられてしまうでしょうね。ただし、食べられるといっても、肉食獣の貪欲な口に噛み砕かれるというわけではありませんよ。トラ、ジャッカル、ワニ、オオカミ、クマ、人食いザメ。これらの餌食になることは稀です。私たちの外敵ではありません。かえって、小ささと多さという組み合わせが危険なんです。目に見えないもの、耳に聞こえないもの、鼻で嗅げないもの、これこそが真の脅威です。バクテリア、ウィルス、菌、寄生虫は、隙さえあれば人間や動物を食い物にします。私たちは、彼らのご馳走であっておつまみなんです。

驚くべき免疫システム！　理解できれば、もっとよく評価できるでしょうに。私たちの血の白血球、私たちの血漿の抗体といったものは、私たちが呼吸するたびに内臓器官に摂取するものに向かって、私たちが飲み食いしているものに向かって、雄々しく（免疫学者は本当にこう表現した）何十億という微生物と闘っています。上皮にできた傷から、性器や咽頭や鼻腔や甘皮から、私たちの細胞に侵入してくるものに向かって。

上皮はまちがっているものを外へと出そうとし、正しいものを内に留めようとします。自分でないものが外に弾きだされ、自分であるものが内に留まるのです。自己は、白血球から、リンパ細胞から、骨髄からできています。

それらのなかに自己がある。それらのなかに魂と呼ぶものがある。

バクテリアは死にません。では、人間の細胞はなぜ死ぬんでしょうか？　もし不死ならば、人間は死んでしまうでしょう。人間は変容しながら生きているからです。細胞の絶え間ない変化と死と再生によって。

細胞は、新しいものを生みだすために死ななければなりません。ただ分化し続けるだけならば、それはガン細胞となるでしょう。細胞は、自分たちがなにをするのか知っています。死期がくれば死ぬんです。寸分の狂いもなく、確実に。

全体が生きるために部分は死にます。人類が生きるために人間は死に至ります。自らの不死を夢みる者は、人類全体に破滅を唱えているんです。子孫に遺すものがほかになくても死がありま す。それが受け継がれてゆくものであり、遺産のなかでもっともすばらしいものです」

免疫学者は、自分のことを皮肉屋だと思っている。だから、スタインヴュルツェル家系協会に加えてキュニコス会にも入っている。彼女は、一度読んだだけのキュニコスの本質を定義づけた読み物にいたく共感して、それ以来、幾度となく復唱している。

「キュニコスとは、花の匂いを感じたときに棺はどこかと問う者だ」

わたしは、あるとき、キュニコス会の「ザマンフー」[1]誌をたまたま読んでいた。どこかのコラムニストがそこに、本物のキュニコスは、事の真偽も、神も、愛も、家族も、自由も、神聖も、正義も信じない、と書いていた。そうだとしたら、免疫学者は本物のキュニコスではありえない。彼女はスタインヴュルツェル家系協会に入っているわけだし、彼女の一人娘ダルジャのことになるといっさいの皮肉が彼女から消えてしまうからだ。ダルジャは不幸せだった。

(1) フランス語のもじりで、「しったこっちゃない」といった意味。

料金受取人払

新宿北局承認

3936

差出有効期限
平成21年２月
19日まで

有効期限が
切れましたら
切手をはって
お出し下さい

1698790

260

読者アンケートハガキ

東京都新宿区
西早稲田三―一六―二八

株式会社
新評論
読者アンケート係行

お名前	SBC会員番号 L　　番	年齢
ご住所 （〒　　　）　TEL		
ご職業（または学校・学年、できるだけくわしくお書き下さい） E-mail		
所属グループ・団体名　　連絡先		
本書をお買い求めの書店名 市区 郡町　　書店	■新刊案内のご希望　□ある　□ない ■図書目録のご希望　□ある　□ない	

のたびは新評論の出版物をお買上げ頂き、ありがとうございました。今後の編集の参考に
るために、以下の設問にお答えいただければ幸いです。ご協力を宜しくお願い致します。

本のタイトル

この本を何でお知りになりましたか

1.新聞の広告で・新聞名（　　　　　　　）2.雑誌の広告で・雑誌名（　　　　　　　）3.書店で実物を見て
4.人（　　　　　　　）にすすめられて　5.雑誌、新聞の紹介記事で（その雑誌、新聞名　　　　　　　）　6.単行本の折込みチラシ（近刊案内『新評論』で）7.その他（　　　　　　　）

お買い求めの動機をお聞かせ下さい

1.著者に関心がある　2.作品のジャンルに興味がある　3.装丁が良かったので　4.タイトルが良かったので　5.その他（　　　　　　　）

この本をお読みになったご意見・ご感想、小社の出版物に対するご意見があればお聞かせ下さい（小社、PR誌「新評論」に掲載させて頂く場合もございます。予めご了承下さい）

書店にはひと月にどのくらい行かれますか

（　　　）回くらい　　　書店名（　　　　　　　）

購入申込書（小社刊行物のご注文にご利用下さい。その際書店名を必ずご記入下さい）

書名　　　　冊　書名　　　　冊

ご指定の書店名

書店名　　　都道府県　　　市区郡町

自己価格設定者

ププは、蜜蜂の館でラハヤとしばらく働いていた同僚だ。彼は小さな新党「デラックス4オール」の党員であり、貧乏志願者会のメンバーでもある。どうやってこんなにも異なる世界観を結びつけているのか、誰にも理解できなかった。着るものは、リサイクルセンターやフリーマーケットで手に入れるか、高級デパートのブランド服を万引きするかして揃えている。

ププは喜んで広告を読む。「オリエンタルな森と、とろけるようなバニラのイプノーズ。生命力と自信が迸《ほとばし》る、わずかにスパイシーなワンシーン。光り輝くグラマラスな触れたくなる唇に。あなたの髪に光を纏って」といった具合に、そこに書かれた形容詞はまるで詩のように印象に残るのだ。

ププと政党仲間は、チューンナップし、パーソナイズし、メールを打ち、チルアウトし、チャットし、カスタマイズし、メッセンジャーでやりとりしている。彼らは消費することに完璧さを追い求める。最高級の素材、洗練されたデザイン、束の間の快楽にみる最奥のエクスタシー、変化しつづけるアイデンティティの鮮烈さ。夜の彼らはもはや朝の彼らではない。漲る生命力と自信が、彼らを青春の日々へ、予期せぬ時へと疾走させる。

ププは、蜜蜂の館で働いていた二か月ほど、ラハヤに新しい小政党の基本方針を教えた。野党という立場のププたちが実行しているのは、怠慢、賄賂、窃盗、その他もろもろの小規模な汚職である。けれども、高額所得者や、公社の評議委員会役員や、社会的立場のある者や、私欲を貪り社会の秩序を乱す大きなものになんの衝撃も与えない。

「仕事はサボったほうがいい。しくじってもボスの責任になるんだ。それに、休憩時間に投資して、場所は見た目だけきれいになればいい。いいかげん、ヒーターの奥とかテーブルの下とかに、ムダにもぐりこむのはよせよ。そんなとこまで見るヤツなんていないんだから。ヒマさえありゃ、トイレットペーパーとか、とにかく外れるモンはスッておくんだ。まあ、ちょっとしたご祝儀だよ、ロビンフット税ってとこかな。おまえにはその権利が誰よりもあるんだ。ここじゃ、おまえにたいしてひでぇ扱いだ。おまえから時間も若さもエネルギーも奪うんだから。それに比べりゃ、トイレットペーパーの一つや二つどうってことねぇ」

次の日、ラハヤの働きぶりを観察していたププは声を荒らげた。

「いいかげん、そんなにがんばるのはやめるんだ。それで、なにに勝ったと思ってるんだよ。いいかげん、そろそろおまえも目を覚ますときだぞ。おまえが自分を酷使すればするほど、オレにもとばっちりが回ってくるんだ。おまえさ、連帯ってぇのを知らねえのか。知らねえようだな。

おまえが障害者じゃなけりゃ口もきいてねえぞ」

それは、ラハヤにとって忘れもしない言葉となった。そして、それ以来、ププのプロパガンダに拒絶反応を示すようになった。

ププは、スーパーの万引きのテクニックを自らの芸術分野にまで高めていた。

「これは自己価格設定なんだ」

ププは、ラハヤが質問もしていないのに勝手に答えはじめた。

「自己価格設定というのは、自分の格付けを上げることだ。スリはコンテクストで決まる。臨機応変に対応しなきゃいけない」

ラハヤは質問するのを控えていたけれど、ププが進んで答えた。

「バトルコンテクストだ。スリを窃盗呼ばわりするなんてマジうぜぇ。言葉は正しく使わねえとな。いいか、よーく覚えて頭に入れておくんだ。自発的な賃金引き上げ、占有、階級闘争。スリで、おまえの生活は効率的に改善される。それによって団結力が高まって、雇用者に立ち向かう経験が築かれるんだ。つまり、いわゆる窃盗は、頭の悪い雇い主との関係において従業員に自主性という体験をもたらして、従業員の集団的な戦闘情況を改善するんだ」

ププは、デラックス4オール運動の広告塔だ。以前、テレビの時事番組でインタビューを受けていた。

「スリの理念はなんですか?」

「大手企業の搾取に抵抗する効率的な手段です」

「ですが、商品が店の棚に並んだ時点で製造者はお金を手にしてしまうのでは?」

「より良い世界が可能であるために、われわれは自分たちにできることをします。すべてに手が回るわけではありません」

ラハヤはププにデラックス4オールのデモ行進に誘われたけれど、名誉教授の家に行くことになっていたために参加できなかった。

翌朝、いつものようにププが遅刻して休憩所へやって来た。本来ならば、休憩所は開館前に掃除しておかなくてはならない。

「おまえが来れなくて残念だよ。ビジネスライクな用事はつまんねぇ。オレは、『マイウェイ』や酒屋でヤルのが一番ラク……。ってのは、そういうのはなにが起こるかわからない開かれたハプニングだし、自分らしくやれる。ただ、ちょっとヘマをやろうもんなら、目を光らせてるヤツらが大勢ですっ飛んでくるのが難点だな」

ププは、ポケットから小さな塊を探り出した。

「ほら、おまえにやる」

「これはなに?」ラハヤが聞いた。

「タンクトップだ。新品だぜ。『マイウェイ』のだ」

ププは、服をカフェのテーブルに広げてみせた。丈の短いピンクのタンクトップ。へその部分が見えるようになっている。ラハヤは、恐ろしいものでも見たかのような顔をした。

「なんて顔すんだよ！」ププは傷ついたように言った。

「いいかげん、善人面するのはよせよ。スリを強いられたから店に行くんじゃない。おもしろそうだから行くんだ。気に入らねえならオレがもらう。けどな、いいかげん見た目もちょっとは考えたほうがいい。おまえだって贅沢してもいいんだ。なんなら、オレがおまえをコーディネートしてもいいぜ。そうすりゃ、ちょっとくらい障害を持ってたって、どんなヤツだってヤバくなるさ」

ラハヤがくるりと背を向けて、おもむろに念入りに幅木を磨きはじめた。ププはいけないことを口走ったと思ったのだろう、次の週には、管理人組合からププは解雇を命じられた。

豚小屋、あるいは、冷たい七面鳥の日

毎月第二水曜日に、ラハヤは免疫学者の娘ダルジャのワンルームを掃除する。掃除代は免疫学者から支給され、時給は通常の二倍だ。ダルジャは都心の閑静な住宅街に住んでいる。閑静なのは場所だけで、住んでいる本人は豚小屋と呼んでいる。ラハヤの訪問にも関わらず、家は月を重ねるごとにその名の通りになってきた。部屋は、つんと臭い、黒ずみ、カビが生え、異臭を放つようになった。食器も片づけず、ゴミ袋もほったらかしで、やってくれるのは蜜蜂の館のラハヤくらいだ。ワンルームからわたり廊下まで、吐き気を催すような異臭が漂う。免疫学者がよく知っているバクテリアやウィルスや菌や寄生虫のような生きものにとっては、まちがいなく住み心地がいいだろう。

ある仲間内では「ホットプレイス」という名で通っている。そこでは、売買が行われているということだ。

ダルジャは、げっそりして、神経質で、見るからに貧血っぽい。ダルジャはラハヤを家に入れたくなかった。そして、ラハヤも行くのを望んでいなかった。しかし、免疫学者に豚小屋の訪問

掃除を続けるように頼まれていたし、ラハヤも報酬が必要だった。

「またあんた？」しつこく鳴るチャイムに、ようやく玄関を開けたダルジャが言った。チャイムを鳴らし続けて一五分は経っていた。

免疫学者から部屋の鍵を渡されてはいたけれど、さし迫ったとき以外は使わなかった。豚小屋を訪れるのは日が暮れてからだったが、どんなに遅く家に着こうがいつだって早すぎた。起こしたダルジャは、いつもいらいらして、小刻みに震えて青ざめていた。ひどい腹痛のせいで、お腹を抱えて歩いているときもある。体も洗わないから臭う。夏でも同じジーンズとセーターを着ているようだ。

「こんな豚小屋に来る必要はないよ。あいつには、掃除しましたって言ってりゃカネがもらえる。そのほうがあんたにとってもラクだろ」

しかし、そんなことでラハヤのモラルは崩れなかった。ラハヤは取り乱すことも動揺することもなくなかへと押し入って、床の上の嘔吐を拭き取り、汚物にまみれた衣類を掻き集めて洗濯機に押しこんだ。

しばらくすると、ダルジャも抵抗しなくなった。玄関を開けてラハヤの姿を認めると、溜め息を吐いてベッドルームに気だるげに戻ってゆく。そして、ラハヤに好きなようにさせる。

嘔吐も汚い食器も汚物まみれの衣類も、すべてがダルジャのものというわけではない。豚小屋にはほかにも少年や少女がいて、そこを仮住まいにしていたり、住みついていたりしていた。彼らはラハヤのことなどいっさい気に留めず、誰もなにも声をかけようともしなかった。ラハヤは、そこでは透明人間だったと言ってもいいかもしれない。少年や少女は寄り集まって眠ったり、床の上にじかに眠ったりしていた。なかには、意識を失っているように見えるものもいた。口を開けば喧嘩をし、唇の動きから読みとれる言葉もあれば、中国語でも話しているかのような理解できないものもあった。モルヒネ、スピード、ＬＳＤ、アイス、バリウム、シンナーについて、彼らは話していた。

「どうしたんだよ、ダルジャは？」

「キレたって」

「オレもコールドターキー。ちょっとさあエクスタシーねえの」

「ねえ」

「コークは？」

「ねえ」

「アシッドは？」

「ねえ。あるのはクサ」

「あるんならくれよ」

「くれてやるさ、カネがあるんなら」

「来週にな」

「おまえの来週は知れてるよ」

「くそっ、いてぇ」

「なんか一つでいいからさあ、ブツくれよ」

「ポンプにすんの？」

「スカンクがつかまってさあ」

「どこでバレたんだよ。効きはどっちにすんの？　遅いやつ？　速いやつ？」

「車でさあ、女を二人はねたんだ」


ある水曜日、ラハヤはスカンクを見かけた。彼は、玄関の床の上に縮こまっていびきをかいていた、あるいは、ガタガタ震えていたのかもしれない。新聞紙を顔からかぶっていたせいで顔は見えなかった。玄関の天井の蛍光灯がダウンの邪魔になるからだろう。

「あいつ、明日、連れていかれんだ」ダルジャがいつもと違って親しげに囁いた。

「どこへ？」ラハヤが聞いた。

「さーて、どこだ。女が二人死んだんだ」

それでラハヤは、女性二人というのが足のない男の妻と娘のことだとわかった。

部屋の片隅にある集団ベッドの下に、なにやらソファに隠れて目新しい荷物の山がのぞいている。ラハヤが近づこうとすると、ダルジャがびくっと体を震わせて声をあげた。

「あれには絶対にさわんな」

そう言うと、ソファの上からアンモニア臭いブランケットをぐいっと引っぱりよせて、山の上に投げた。

だが、ラハヤはそこにあるものを見てしまった。サテン生地の羽毛布団、メリノウール地のセーター、レースストリング、バーバリーのシルクタイ、グッチ、ボス、ドルチェ&ガッバーナ。MP3プレーヤーは箱に入った状態で真新しさに照り輝いている。デジタルカメラに携帯電話、ウィスキーにコニャックボトル、イプノーズやワンシーンといった香水は未開封のままだ。そこは宝の山だった。生の華美と魅惑、宣伝され羨望され欲望され、そしてプレゼントされて盗まれた高級品の数々。その優雅な包みは破り開けられ、投げ捨てられる。一瞬だけの虜となって、使われるのは束の間にすぎない。速くて確かな変化。その変化が起こるのが物自体なのか使い手なのか、はっきりしない。けれど、決定的なのは商品は廃棄物となったということだ。

この部屋とは関係のないもの。ただ、通過している途中なだけでいずれは金となる。その金は、アイスかエクスタシーかアシッドとなる。だが、これら物質も中間点にすぎない。最終的なゴールは別のなにかであり、ここではない別のところにあるのだ。

豚小屋の少年少女たちにとって、富にも物にも優位的な価値はなく、それらを求めてもいない。彼らが命を賭けて求めているものは、なにかかたちのない、もっと大切な精神状態なのだ。初めは楽園、そしてあとに残るのは失われた束の間の不在なのだ。

もっとも難しいのは真を信じること

木曜日、ラハヤはパラノイドのところに行かなければならなかった。パラノイドは、一万人に一人のメンタルヘルスのリハビリ患者だ。彼はラッダイト・クラブに所属し、電気通信やインターネットを中心にあらゆる新テクノロジーに反対している。

パラノイドの世界は不安定で不連続である。カタストロフィーの危機に晒されている状態だ。ただ、多くの人と違っているのは、パラノイドはカタストロフィーの不可避さを認識していて、もろもろの出来事の始まりの取るに足りない変化ですら、終局的な結果に通じうると痛感していることだ。

この妄想がすっかり消え去って、彼が心から健康になるという希望は持てるのだろうか。彼の精確さと観察力がパラノイアとなっているが、それこそが彼のアイデンティティの核を形成している一部であり、それを取り除こうとすることは彼のすぐれた精神能力を奪うようなものである。

パラノイドは、ラッダイト集会に出るとき以外はめったに外出しない。観劇もしない。体育館やプールにも行かない。スーパーにも出かけない。天井が崩れるのを恐れているばかりか、それはじきに崩壊するようにわざと綿密に建てられたと確信しているほどだ。

パラノイドは、いつも口笛を耳にしている。それは、わたり廊下や通りや窓の下から聞こえてきて、主な目的は彼をからかったり皮肉ったりすることだ。彼は、窓を勢いよく開けて、「名誉毀損で訴えてやる！」と大声をあげてよく通行人を驚かせている。

彼がもう一つ確信していることがある。それは、国家が自然の人間を人工人間やデジタル人間に変えようとしているということだ。新しい種によって人種の代用をさせることが目的で、インターネットを通じて起こってくるだろう。自然さというのは無秩序と偶然を意味するようになり、国家にとっては危険ではあるものの、それがデジタル市民の活動であって調節しやすくプログラムしやすいと、パラノイドは少なくとも信じている。

パラノイドと彼の妻の家は、清潔感があってエレガント、そして風水ルールに従って内装してある。しかし、晴れることのない疑いは、掃除に通いはじめた頃はラハヤに暗く影を落としていた。しばらくすると、ラハヤはパラノイドの習慣や癖に慣れて気にならなくなった。

ラハヤには、いっさいの掃除道具類を持ちこむことが禁止されていた。必要なものは、すべて家にあるもので間に合うようになっていた。

ラハヤが家に入るまでしばらくかかった。なにかが甲高くぶつかりあう音がして、ようやく玄関が開けられる。パラノイドの玄関には、安全錠が二つにドアスコープがあって、さらには田舎でしか見かけないような旧式の重厚な閂《かんぬき》が掛かっている。腐りかけた納屋の、傾いた扉にかかっているような閂だ。

パラノイドは、連絡事項と質問事項を太字で書いた紙をラハヤのために用意していた。ラハヤがなかに入ると、まっ先にその紙を目の前に突きつけた。

「ようこそおいでくださいました。どうぞ、あなたの手荷物をお預けください。よろしくお願いします」

パラノイドはラハヤのキャンバスバッグを指さし、玄関ホールの隅に置いてある中国製のローチェストをコンコンと叩いた。

ラハヤは両手でバッグをしっかりと握りしめて、目を丸くしてパラノイドを見た。

「申し訳ありません」パラノイドは、ゆっくりと慎重に、そして囁くように言葉を発した。

パラノイドは、盗聴器を気にして話すことはほとんどない。だが、必要に迫られたときは小声で言った。

パラノイドは、バッグの取っ手からラハヤの指を一本一本外すと、むげにバッグを取りあげて、玄関ホールの中国製のローチェストのなかへしまいこんで鍵を掛けた。

ラハヤは泣きそうになった。パラノイドは二枚目の紙を持ち上げると、ラハヤの顔にくっつけんばかりに近づけた。

「お帰りの際にバッグは返却します。ご入り用なら、レシートも切ります」

パラノイドの妻は、台所のドアから一連の出来事を見ていた。そして、ラハヤを手招きするとこう言った。

「こちらへいらして。夫のこと、許してくださいね。彼は健康ではないんです。そのことはわかってあげて。どんなお客さんであれ、バッグをお預けしてもらうんですよ。関係のないものを入れさせないため、もしくは無関係なものを持ちこませないためなの」

おそらく、パラノイドは、ラハヤがキャンバスバッグに毒グモとかサリンとかジャガイモ疫病菌を持ち運んでいるとでも疑っていたのだろう。

ラハヤが落ち着きを取り戻すと、妻がこう続けた。

「彼はたしかにおかしいんですけど、それは、彼がまちがっているということじゃないの」

訪問を重ねてゆくと、パラノイドは社会の情況と今後についての嫌疑と見解をラハヤに打ち明けるようになった。それを紙に書き出してラハヤに見せると、すぐに居間のタイルストーブで燃やしていた。だから、ラハヤが来るときは暖炉に火がついていた。

「秘密プロジェクトには秘密プロジェクトで対抗しなければならない。私にはそれがある。ついにその時が来たのだ。すべてが変わる」

なかには、謎めいたメッセージもあった。

「コードの一部が消滅し、情報が変わる」

パラノイドは、ラハヤの訪問に備えて原稿を用意しているときもある。やはり、すべて太字で。太字のほうが、ラハヤがよく読めると思っているようだった。そんな日は、ラハヤは掃除の手をすっかり休めて、読むことに集中した。

ある原稿は、活性酸素のことを扱っていた。

「酸素は体に良いとされているが、にべもなく老化を促進するものである。呼吸するたびに、我々の体内で修復不可能な損傷をもたらしながら活性酸素が増加する。

我々の細胞は絶えず分化している。その過程で発生した欠陥は増大して結合する。そして、老化は以前にも増して加速する。

呼吸は見かけだけに留め、ありとあらゆる呼吸は避けるべきである。同じように対処することを、私は貴方にまじめに勧めるものである」

自分の好きなテーマで発表することはあまりなかったが、ある木曜日は国家の役人の真の仕事について書いていた。

「国家機構は精神的に自立した市民を破滅と狂気へ押し潰し、ロボット化しようとしている」

質問を提示するだけの木曜日もあった。難題で複雑なものもあれば、「はい」と「いいえ」で回答できるものもあった。ある木曜日には、目の前にこんな紙を突きつけられた。

「貴方には、ご自分の心の深淵を見る勇気はありますか?」

ある一枚にいたっては、パラノイドはラハヤに何度も突きつけた。

「もっとも難しいのは真を信じること」

紙を読ませると、パラノイドはラハヤの顔をやさしくじっと見つめる。その眼差しには、言葉に表せない感情があった。パラノイドがラハヤを信頼すればするほどラハヤはますます家に慣れ、そしてパラノイドの妻は疑い深くなるのだった。初めは、妻はラハヤが来てから買い物に出かけていた。夫を一人にしておきたくなかったからだ。そして、掃除の日は彼女にとって待ちに待った自由な日だった。ところが、パラノイドがラハヤに長めの原稿を発表するようになってから、妻は家から出なくなった。いらだたしげにラハヤに指示を出し、真新しさに光るスプーンを磨くように頼んだり、仕事ぶりを見て小言を言ったりした。ときには、タイルストーブの燃えかすからパラノイドが燃やした半分焼け焦げた紙片をすくい上げていた。おそらく、そこには不適切なメッセージがあると思ったのだろう。

「もう、あなたは必要ないわ」

ある木曜日、ラハヤが敷居をまたぐ前に妻はとうとう言いわたした。

「なぜです？」ラハヤは気の抜けた声で聞いた。

「あなたにこの家にもう来てほしくないの」妻は冷たく言った。

ラハヤは、言葉も出ず、妻と中国製のチェストに挟まれるように立っていた。まるで小さな子どものように口を曲げ、その目はパラノイドを探していた。寝室のドアがわずかに開いたかと思うと、すぐに閉まるのが見えた。ラハヤはわかったように無言でわたり廊下へ踵を返した。

無に落ちる滴は飛び散らない。

土星の衛星エンケラドス。その氷の星で大爆発が観測された。

防汚加工素材の化学物質は私たちの血を汚染します。

ロボトミー――「ダッパカッパ」の話

「ロボトミーとはなにか、みなさんはご存じですか」ダッパカッパが、移ろう現実クラブで問いかけた。

ご存じでない？　それはよかった。私の父は、ロボトミーとあまりに深く関わってしまったんです。父は理論物理学科で教鞭を執っていました。そろそろ退官というときに、学科と大学側の争いが表面化してきました。父は、勝手気ままな行動をとるようになり、それが学長や学科長にとっては気に入りませんでした。講座の内容とも、あるいは物理学の分野ともまったく関係のない話をするようになりました。最悪だったのは、流体力学講座の時間に、フリーエネルギー(1)や無限エネルギー(2)について一年生と二年生の学部生らにつらつらと語りだしたときでした。零点エネルギーとか、真空エネルギーとか、渦巻きエネルギーといったさまざまな永久機関の形態について話したとき、同僚は本当にいやそうな顔をしていました。

事態は悪化の一途をたどりました。学生たちの間では頭がおかしいと噂され、目をつけられるようになりました。時おり、怪訝そうな顔をした同僚が教室の後ろの席に座ってメモを取っていました。

とりかえしのつかない大失敗が起こったのは、ある土曜日でした（その当時は、土曜日も講義が行われていました）。父は、優等学生たちとゼミを開いていました。そこで、古典場の理論を扱った論文をチェックすることになっていたのですが、ゼミ室に入るやいなや予定変更を申し出たのです。論文のチェックは次回に持ち越されました。

「今日は、君たちに秘密を打ち明けようと思う」父はそう切りだしました。

「ごくわずかの科学者しか知らないことだ。けれども、そのことをここで話しておくのが一番だと思っている。なぜならば、おそらく、いや確実に、近いうちに私は口止めさせられてしまうからだ」

そう言ったあと、父は駆り立てられるように、感情のおもむくままに重力圏や摩擦係数やニコラ・テスラ(3)や慣性力偏差推進システム(4)について話しながら黒板に図形を書きだしたのです。

ゼミが中断されるまでに、そう時間はかかりませんでした。ゼミを監視していたのは泥炭燃

---

(1) わたしたちがいる空間に存在する無尽蔵のエネルギーのこと。無限エネルギーとも言う。
(2) あらゆる原子の運動が停止してもなお、存在するとされる運動エネルギー。真空エネルギーとも言う。

料について博士論文をまとめた同僚で、教壇によじ上って父になにか耳打ちしていました。父はかっと赤くなって、響かんばかりに「なんだ！　なんだ！」と声をあげ、「今すぐにか？」と続けました。そして、口を閉ざすとゼミ室からおとなしく連れていかれたのです。ドアのところで振り返った父は、戸惑っているゼミ生に向かってこう言いました。

「神のご加護があるならば、続きはまた来月にしよう」

しかし、次のゼミが訪れた日には、父はこの館に横たわっていました。もう何週間も縛られた状態で。みなさんもご存じのように、ここは昔、心の病の診療所でした。そのあと、父はインスリンショックを受けて昏睡状態に陥りました。日を覚ましたときには、平静を失ってパニック状態でした。そして、父は、本人だけではなくほかの人にとっても危険だと見なされたのです。しばらくのあいだ、父は頭から爪先まで全身を冷たい包帯でぐるぐる巻きにされて過ごしました。そのあと間もなくして専門の精神病院に転院され、そこで主治医に勧められてロボトミー手術を受けたのです。

ロボトミーとは、周知のように脳の前頭葉を破壊する外科手術でした。人間の頭蓋骨は骨でできた鉢であり、おそらくこの世の中でもっとも複雑な構造を抱いた高価な杯です。まさに、その大脳の前頭前野に高度な精神活動が集中しているのです。ロボトミーの目的は、前頭葉と情動を司る大脳辺縁系との連絡を断ち切ることでした。大雑把で、適当で、でたらめな手術でした。

頭の両側に、父の人生経験がすべて詰まった脳に穴があけられて、ゾンデ(5)が差しこまれました。それで皮質の厚みを測ると、ロイコトーム(6)と呼ばれる長い器具を挿入して扇状に切開し、先端の金属ループをぐりぐりと動かして前頭葉の白質から神経繊維を手当り次第にえぐりとりました。

樹状突起、軸索、シナプスは一〇〇〇億ものニューロンを網状に連絡しています。この網をロイコトームのメスが破壊し、連絡網を引き裂くのです。ロイコトームのひと掻きは、思い出を消すだけではなく、出来事の繋がりや思い出に連なる感情までも消してしまうのです。それらは単なる感情にすぎないのでしょうか？　感情と呼ばれているものは、出来事の深遠な意味についての情報であり、因果関係や結果についての情報ではないでしょうか。過去と未来、時

(3)　(一八五六～一九四三)　ユーゴスラヴィア生まれの発明家。交流発電機や無線トランスミッター、蛍光灯、テスラコイルを発明し、地球が潜在的にもっている電気振動と共振させて無限にエネルギーを入手する無線送電システム構想を提唱。
(4)　一般相対性理論効果（重力場における異なる時間の遅れを利用）で推進力を得るシステム。
(5)　医療で用いる消息子のこと。
(6)　前頭葉の白質を切断する器具。

間と空間、自分や他人との人間関係に触れる情報です。

ロイコトームのむやみなひと掻きで、人間は変わってしまいます。人間という言葉の意味すらそぐわない人間。不安、意志、意欲とは、どこにあるのでしょうか？

ロイコトームでぐるりとえぐれば忍耐も辛抱も過去のものとなり、次の一回転で知識欲は失せ、三回目で他人の感情にも思考にも無関心になり、四回目で食事の節制が効かなくなるのです。

その白い粥のなかに、人間を人間たらしめる本質が隠れているのでしょうか？　そんなふうに考えるのは侮辱的だというのが多くの意見です。あたかも、精神活動の現象は物質を介して現れると軽く考えられているようだからです。その一方で、現世においても、白濁した粥を媒体として、精神は意図や意志を現すことができるというのはもっともだと考えている人もいます。けれども、粥がないいま、精神は自由に駆け巡りつづけています。どこに？　それは、私たちの知るところではありません。

私が知っているのは、ロイコトームのひと掻きのあとに父は変わってしまったということです。以前の澄んだ不断ない眼差しは、見慣れた現象だけではなく新たなことにもなんら反応することなく、無気力に外の世界に向けられました。読書にも、家族にも、友人にも、芸術にも、科学にも、哲学的思索にも、春の訪れにも、子猫の無邪気な戯れにも、そして黒歌鳥の歌にも関心を示さなくなりました。正否や美醜の区別もつけられなくなりました、あるいは、つけることもどうでもよくなったのです。なにが適当で、なにが不適当なのか。父はつまり、もはや教養のある人間ではなくなったということです。

ここで申し上げておきたいのは、その当時、ロボトミーを受けた人は大勢いたのではないかということです。私は、いわゆる知識人と呼ばれる人たちに数多く会いました。彼らは、正否や善悪や美醜を分別することは復古主義的でみっともない考えだとし、〝現実〟や〝自然〟には正否も善悪も美醜もないわけだから、それらを人間が区別することは徒労だと考えていました。

それはそれとして、父の話に戻ります。父から表情が消え、動きが鈍くなり、しなやかさもなくなり、死に至りました。以前のような、落ち着きのない情熱的な意欲は無関心と無情に取って代わり、周囲でなにが起こっても気にすることができなくなりました。ただし、母が台所で夕食の支度に取りかかっているときは別でした。父は、動物のように食べました。まるで、種に固有の機能を動かす可能性を奪われた動物のように。父は際限なく太り続け、徹底した食事制限を敷かなくてはならなくなったほどです。

父に新たな能力が一つ備わりました。でも、果たして能力と呼べるかどうか。この現象は私の想像にすぎないものではない、と確信を持って言えます。父を取り巻く周囲の人びとも、遅かれ早かれ気づいたからです。

いまでも忘れられません。九月の夕べ、街灯が灯るころ、母と父の外出に付き添ったときのことでした。近くの映画館でベルイマン(7)の『野いちご』が上映されていたので、三人で観に行くことにしたのです。その映画は父と母のお気に入りで、父の心にいい思い出がよみがえってくれればと母はおそらく願っていたのでしょう。二人のあとについて歩き、穏やかな晩夏の夕べに浸っていました。通りには活気がありました。子どもたちがちょうど秋休みから帰ってきて、コンビニや喫茶店や映画館の前でたむろしていました。暗がりのなか、昼間の温気は笑い声や悪口や大声とともに密になってゆきました。漲る生命力とヒートアップしてゆく攻撃的な声は、暮れなずむ空へ昇り、均一な輪を描いて遠くの町まで広がってゆきました。父は周りに目もくれずに、ひたすら前へ向かって、病んだ肉体という重荷を引きずりながら華奢な母と並んで歩いていました。

街灯は、大通りの日の当たっていたアスファルトを、揺らぐことなく皓々と照らしていました。ところが、二人が歩き進むと歩道のランプが次々に点滅しはじめたのです。老いた夫婦がランプの下に着くと明かりは一瞬消えるのですが、二人が再び歩きだすと皓々と点るのでした。そのとき初めて、私はこの現象のことを書き留めました。この変わらぬ反覆を。

どなたか、通行人を見て同じ現象に気づいた方はいませんか？　父はただ足もとをじっと見つめ、母は父のおぼつかない足どりを支えることに集中していました。酔っぱらって騒いでいた一行が店を梯子しようと私たちの間に割って入ってきたとき、束の間でしたが私は二人を見失いました。でも、街灯の点滅が、二人がどこまで歩き、どこで道を折れたのかを教えてくれました。

ああ、お父さん。明かりが消えたことや周りで起こる電気機器の不具合。それらは、父の生命が消えることを暗に意味していたのかもしれないと、あとになって私は思いました。あるいは、言葉にできない憤りが新たな能力となって、むりやり奪われてしまった以前の力に取って代わったのかもしれません。けれども、与えられた力でなにができるというのでしょうか。そして、誰のためになるというのでしょう。

もう亡くなってしまったけれど、父と母が昔の野いちごを探してゆっくりと旅する姿がいまなお目に浮かびます。街灯が消えては点り、消えては点って、二人の秋の旅を見送っているその様子が。

（7）（一九一八〜　）スウェーデンを代表する映画監督。

名誉領事

名誉領事は失われた言葉の友のメンバーである。しかし、一度も集会に出たことはない。ラハヤすらまだ会ったことがない。掃除をしに家を訪ねても、名誉領事はいつも旅行中でいないのだ。ラハヤには預かっている家の鍵が三つある。豚小屋と名誉教授、そして三軒目が名誉領事だった。

家のなかは、名誉領事が旅先で土産に持ち帰ったもので溢れていた。ラハヤと違って旅慣れている人なら、名誉領事が近々に訪ねた場所がどこだか想像がつくかもしれない。ものによっては旅行者天国にはない変わったものもあるので、あまり知られていない地域を旅しているのだろう。

玄関には、自分の尾を噛むヘビのノッカーが取りつけられている。ラハヤの掃除代は、いつも決まった場所にきちんと置いてある。書斎の上の棺の形をした葉巻入れと、半分ひしゃげたドクロの灰皿の間だ。日本刀はペーパーナイフ代わりだろう。

窓台には、紫色のアメジスト、黒いオニキス、角貝、水晶の塊、黄ばんだ象牙が置いてある。ソファとひじ掛け椅子には異国情緒たっぷりの布が掛けられ、サイドテーブルには、お香入れ、弓月の形をしたナイフ、護符、お守り、青銅製の鈴、平らな銀の酒杯が並んでいる。酒杯の口縁部は、キツネやネコやペリカンやヘビについての絵物語かなにかの文様で縁どられていた。あるとき、ラハヤが酒杯を指でなぞっていたら杯が指先を伝って震えだしてひどく驚いたことがある。それは歌う杯で、しばらく歌い続けていた。

機械のおもちゃもたくさんあった。なかでもラハヤのお気に入りは、中国人らしい選手がいるミニチュアのピンポンゲームだ。壁に掛かっているのは、ターバン、トルコ帽、ボウル、兜、黒檀やパルプでできた動物の面だ。鳥の嘴の形をした面もあったが、多くはキツネの鼻の形をしていた。本棚には、『影の書』、『町魔術』、『アグリッパ第四の書』が並んでいて、本棚の上には木や石でできた細工物が置かれ、キツネや見たことのない神をあらわしているものばかりだった。いっぷう変わった小物はパーティグッズ店で求めたものかもしれない。たとえば、玄関の帽子掛けのチキンハットだ。だらんとぶら下がった黄色い足は、まちがいなくあご紐代わりだろう。炊事場には、世界地図がプリントされた「失われた国々」のマグカップがある。

ラハヤは、自分用のティーバッグを携帯している。名誉領事のポットでお湯を沸かして、失われた国々のマグカップでお茶を飲む。沸騰したお湯をマグカップに注ぐと中央アメリカがぐんぐん小さくなって数えるほどの島になり、カリフォルニアの太陽の降り注ぐ海岸が溶けてなくなってしまう。

台所の調理台には脳の形をしたケーキ型がある。きっと、それでゼリーをつくるのだ。

居間の壁掛け時計の針はぴくりとも動かないのに、時刻は狂っていないようだ。なんという時計！　針は動かずに数字が動く。文字盤が回っているというわけだ。ラハヤは、掃除機のホースを手にしたまま立ち止まって一分ごとに時計をじっと眺めていることがある。回る時計を使っていたのはどこの国だったろうか？

名誉領事がどこの国の人なのか、ラハヤは最後まで知ることはなかった。きっと、とても小さくて遠い国から来たんだろう。たいていの情報を知っているドルイドによれば、名誉領事は西アフリカのマリに住むドゴン族としばらく暮らしていたらしい。ドゴン族は、キツネには超能力があると信じている。彼らは質問を砂に書き、その回答をキツネが残した足跡から読みとって吉凶を占うという。

これもなお

劇団「心臓と肝臓」の主宰者であり、舞台監督であり、劇作家であり、脚本家でもある、ライ婦人が、ついに舞台「エンマ・エクシュタインの鼻」を完成させた。当初はミュージカルの予定だったが、舞台の着想に乗ってくる作曲家が最後まで見つからなかった。

「ギャルド」誌の見習い編集者が、「エンマ・エクシュタインの鼻」の初日公演を前に、インタビューをしにライ婦人を蜜蜂の館に訪ねてきた。

「この舞台のテーマはそもそもなんですか?」

「第一に、知ることと知らないでいることが、いかにして同時でありえるかということです。第二に、いかに罪なきものが有罪にさせられ、有罪者の罪が払拭させられるのかということ。そして第三に、偶然がいかにして人の運命を乱すのかということです」

ライ婦人は、一六歳当時のフロイトの言葉を引用して見習い編集者に答えた。

「なんという悦びを私にもたらしてくれることか。偶然と運命が私たちをぐるりと厚く編みあげた、お互いに絡みあう糸からなる織物を解く悦びよ」

「ちょっと待ってください」見習い編集者が文章を手帳に書き留めながら声をかけた。

「厚手の織物でしたっけ？」

「お互いに絡みあう糸からなる織物です」ライ婦人は繰り返してこう付け足した。

「蜘蛛の巣のような」

三〇人ほど収容できそうな観客席は、その晩、すべて予約でいっぱいだった。若者から吸血鬼やパラジストまで、着ていたコートやリュックをおしりに敷いて地べたに座りこんでいた。

第一部は、フロイトの長いセリフで幕を開けた。俳優は、Sをやたらと強調させながら勝ち誇ったように堂々と演じていた。

「三系統からなるニューロン組織、エネルギーの放出と貯蔵、一次過程と二次過程、神経組織の伝達と協調、注意と防衛の生物学的ルール、質と現実と思考の信号、精神性的な防御機制、最後に知覚機能として意識されるもの。それらは、すべていまでも健在だ！」

観客が、身じろぎしたり、こそこそ耳打ちしあったりして閉口しはじめても、フロイトは間髪いれずにまくしたてた。それを見て、しょっぱなからこんな難しいセリフを選んだのはまちがいだったかもしれないとライ婦人は後悔した。

フリース　左の下鼻甲介の三分の一を適切なゾンデで切除しよう。

エンマ　フリース先生の手術を受けるまで、私のなかに鼻甲介と呼ばれるものがあったなんて知りませんでした。でも、それはもうありません。先生が取り除いてしまいました。人間はどんなものを持っているのか、そのことについて先生自身はいっさいわかっていません。この痛みは、私とは関わりのない余計なものなのに。

舞台を観るまで、配役についてなにも知らなかった。劇団「心臓と肝臓」には蜜蜂の館に集うメンバーもたくさんいて、練習していたということは知っていた。フリースは、若い車中生活者だとすぐにわかったが、当たり役だとは思えなかった。彼の声はあまりにか細くて、あまりセリフは与えられていなかったとはいえ後ろの席まで届かなかった。フロイトは、「快楽」のオーナーだと幕あいになってようやくわかった。あのSの発音からもっと早くに気がついてもよかったのだが、大佐の二重あごを隠しているつけ髭で見た目ががらりと変わってしまっていた。では、エンマはいったい誰なのだろう？　休憩時間に、情報提供者ドルイドがドルフィーの母の一人だと教えてくれた。オリンピアという名前の人形を持っていた彼女だ。
情報提供者ドルイドも重要な役どころだった。舞台背景には大きな樫の木が描かれていて、ドルイドは書き割りに空けられた丸い穴から顔を突っこむ役だった。セリフはないが、ウィーンの公園の木で生活していた三五人ものホームレスを演じた。

舞台の中盤になると、もう誰も眠ったり声を出したりしなかった。エンマ・エクシュタインの哀れな鼻から血に染まったガーゼが引き出される場面だったのだ。貧乏志願者が演じていたロザネス先生が一メートルはあろうかと思われるガーゼをためらいなく引っぱると、舞台から観客席のほうへガーゼをたぐり寄せた。歌を口ずさみ、大股で歩く姿は軽快で、後ろの席まで赤いガーゼをくねらせながら浮かれ騒いで、ホール全体を赤いガーゼで取り囲み終えるまで観客席を回っていた。それと同時にオスカー・ココシュカの『赤い卵』が壁に投影され、観客席はどす黒い血の光に浮かび上がった。

勢いよく最後のガーゼが引っぱれた途端、フロアに黒い血の池が広がってエンマも目眩を起こしているように見えた。ライ婦人によるすばらしい照明によってできあがった視覚の錯覚だ。観客席からは溜め息が漏れた。家政婦リーゼ役のストーム同好会の老婦人は、血を見て気を失ったフロイトに気つけ薬を飲ませようとしていた。

「先生、さあコニャックですよ」

エンマがはっと我に返って、まっ先に見たのが椅子に倒れこんだフロイトだった。彼女の開口一番の棘のあるセリフに、パラパラと拍手が起こった。

エンマ　あんなのが、わたしたちより強い性なのよ。
フロイト　魔女裁判官が荒療治だったのが、わかりますよ。
エンマ　自分の死について、以前ほど悩まなくなりました。死という考えが、私の視界から消えつつあるからです。私は、すでにそのなかにいるんです。
フロイト　二日前に新たに出血しました。タンポンで塞いでいるのに、多量にどっと流れ出しました。新たなタンポン、新たな不可解。ちょっとタンポンを上げただけで新たに出血して、僕の目の前で危うく死ぬところでした。血は噴き出すというよりも、勢いよく盛りあがってすべてを覆ってしまうような水面のように沸いて出てきました。血管から出ているに違いありません。でも、どの血管？　そして、どこの？
エンマ　先生は、私のことを哀れに思っています。先生は励ましてくれますが、私のことはもう助からないと諦めているようですし、なんだか屈辱的です。手術は避けられなかったのか、先生の考えをうかがってみました。
「避けられませんでした」それが先生の返事でした。
「フリース先生は非常に有能で、なにをするかきちんとわかっていらっしゃいます。あなたは先生に感謝してもいいくらいなんですよ」と。
フロイト　哀れなエクシュタインの回復傾向ははかばかしくありません。

エンマ　もうすぐ、栗の木と白いリラが再び見頃を迎えます。アウガルテンに、エスターハージの木漏れ日のある公園に、リヒテンシュタインに、ドナウの冷涼な海岸通りに、シェーンブルン宮殿に、そして至る所に。私は、また喜ぶことができるのでしょうか？　一瞬でも痛みが治まってくれたなら。春なのに、私には芽も花もありません。

フロイト　彼女には、この時期からすでに新たなヒステリーの症状が見られますが、僕がなんとかして治します。

エンマ　ガーゼは取り除かれました。リーゼの手を借りて起き上がろうとしたときでした。頭の向きを変えたら、私の視線は病室の鏡とかち合ったのです。偶然に。ずっと避け続けてきたのに。むくんだ自分の顔をなんの前ぶれもなくまともに見て、私は溜め息を吐きました。自分が誰だかわかりませんでした。私の顔ではなかったのです。でも、勇気をふり絞って鏡のなかの自分に慣れようとしました。

フロイト　エンマは、醜くなってゆくことに恐れを抱いていません。鼻腔には引き続きタンポンが詰められています。できるだけ、モルヒネを使わせないようにしています。

エンマ　痛みはおかしなものです。モルヒネを打つと、痛みはそこにまだあるのにその手を緩めるのですから。でも、気にしません。モルヒネが私の血のなかに留まっているかぎりカタリーナやリーゼとおしゃべりができるし、手紙も書けますから。けれど、苦しみは私を見張っていて再び戻ってきます。先生はモルヒネの量を徐々に減らそうとおっしゃるのですが、私にはそれが理解できません。だって、以前よりももっとそれを私は必要としているんですから。

フロイト　ロザネス先生は、頸動脈を結紮する案に反対しています。発熱の恐れも遠くはありません。危険をともなわない手術がこんなことになるなんて、僕は大変ショックを受けています。

エンマ　ゲルズニー先生が、膿を出すために鼻に管を挿入しました。私にとって、膿は鼻腔のなかだけではなく、私の体の至る所に、心のなかにすらあるように感じています。死体のような私の悪臭。恥ずかしいです。人びとのために、家族のために、そして祖国のために私は役に立ちたい。苦しんでいる人たちの助けになりたい。けれど、そう言っている本人が苦しんでいるとしたら、助けるどころか重荷になるだけです。それにこそ苦しむのです。苦しみになにか意味があるとわかってさえいれば。でも、その意味とはなんなのでしょうか?

フロイト　外科的にはエクシュタインは問題ありません。ただ、これにともなった神経性の結果が現れつつあります。夜間のヒステリー発作とそれに相当する症状ですが、僕が引き受けることになります。

エンマ　今日は、トルコ産のモカが飲みたくなりました。かわいいリーゼが、私の代わりに台所へ飛んでいってつくってくれました。カップ一杯も飲みきれなかったけれど、なにかを味わうことがまだできる、そう思いました。

フロイト　僕ら二人にとって頭の痛い彼女のことですが、回復しつつあります。

エンマ　通りや公園、それからドナウ川沿いには今日も嬉しそうな人たちが歩いています。出窓に移動したソファからは、雨に洗われた石畳の上をポプラの綿毛がふわふわと舞っている様子が見えます。綿毛の頃になると、カタリーナとテレジアと私は綿毛を口に入れて笑っていました。どうして笑ったのか覚えていないけれど、その笑いは覚えているのです。あれから何十年も経ちました。空の彼方に、ポプラの綿毛のような雲が漂っています。鼻のことは忘れて、そこに目を留めるようにします。今日も、痛みます。

フロイト　まずエクシュタインのことですが、君の言うとおりだと僕は証明できるでしょう。つまり、彼女の出血はヒステリー性のもので、おそらく性的にそういう日に当たったのだと思います（ただ、いまのところ、彼女ははっきりした日付を言うことを拒んでいるのですが）。

エンマ　自分が不能だということを、どんなふうに受けとめればいいのでしょうか。カタリーナやテレジアのような生活がもうできないということを。私の生命は水のように地に流れるのに、誰をも潤さないということを。

フロイト　エクシュタインが再び痛みを訴えています。出血がまた起こるのでしょうか。

エンマ　夜、息が詰まりそうになったので、リーゼに窓を開けてもらいました。精霊でもなかに入ってきたような、そして私を眠りに誘うような、清らかな夜気とジャスミンの香りが流れこんできました。

私を待っているかのように、
庭に咲きこぼれる薔薇の白と赤、
私の恋人よ、
貴方はもう、いないというのに。

（ヨーゼフ・フォン・アイヒェンドルフの詩「異郷にて」）

美と健康と青春は、私に属すると思っていました。自分自身の一部であると。でも、そうではありませんでした。それらは誰にでも一瞬は属し、そして再び奪われてしまうものにすぎません。ただ、借りているだけにすぎないのです。だったら、ほかのあらゆる性質だって同じこと。この私の病気だって、いつかは奪われます。その考えに、私は救われています。

フロイト　エクシュタインに関してこれまでにわかっていることは、彼女は憧憬のために出血していたということです。指を切ったり、怪我したりすると、彼女は昔からよく出血していました。最初の出血のときでした。ロザネス先生に手当をしてもらっているときの私の激しい動揺を見た彼女は、ある古い願望がかなえられたと感じたのです。病気になって愛されたいという願望です。数時間後には危険な状態にあったにもかかわらず、彼女はこれまでになく幸福でした。サナトリウムでは、僕を誘い出したいという無意識的な願望から夜になると落ち着きがなくなりました。僕が行かないときは再び出血を起こしました。僕の関心を呼び起こすにはうってつけの手段ですから。自然な出血は三度あり、三度とも四日間にわたってとまりませんでした。これにはなにかしらの意味があるはずなのですが、彼女からは詳細な説明も日付も聞きだせていません。

エンマ　肉体が私を欺きました。それとも、それは肉体ではなく、私自身だったのでしょうか。それとも、私はそれすらでもなかったのでしょうか？

フロイト　繰り返すようで申し訳ないのですが、不測の事態が起きてしまったため、あなたの治療を続けることができなくなりました。

途中、つまらなくなって横目でちらりと観客席を見た。蜜蜂の館に集うメンバーがかなり観に来ている。二列目には、科学的世界像の犠牲者と顔色の悪い地方自治学振興会の代表者が隣席し、その並びに会計士が座り、仮装大会はどこで開かれるのか吸血鬼に尋ねていた。免疫学者は後ろの列に座っていた。ヘラクレスも観に来ていた。もちろん、ラハヤも。ライ婦人から、何回でも使える無料入場券をもらったのだ。二列目なら、役者の唇もきっと読めるのだろう、ほかの観客といっしょに拍手をしていた。終わってもなおしばらく拍手をしていたので、隣に座っていたセルマがやさしくラハヤの手を握った。

幕あいに、周りが騒がしいのも気にせずに本を読んでいる老男性も見かけた。公演中、ずっと読んでいたのだろうか？

エンマ　クリスマスに向けて家では準備に追われています。カタリーナの息子たちがツリーの飾りつけをしています。アルベルトはどれくらい大きくなったのかしら。学校では優等生なんです。病とはなんでしょうか？　そして、健康とは？　なにが普通で、なにが異常なのでしょうか？　先生はご存じの様子でした。私は、真が治してくれると信じています。真は、話すことで見つかるものだと信じています。

また、年が明けました。ちょうど、クリスティアン・ホフマン・フォン・ホフマンスヴァルダウの一節を読み直したところです。

「これもなお過ぎ去りし／時を射抜いて永らえるのはただわが心／ダイヤモンドになりしは真の自然」

「これもなお！」

カフェ・ソリテール

菌を栄養に成長する軟体動物が存在している。

時は、洋梨のかたちである。

食べることと消化について考えはじめると、そのふるまいに驚かずにはいられない。水、空気、光線だけでは、人間にとって事たりないのだ。ただし、呼吸者は別だ。少なくとも、彼らはそう信じている。食べて飲めば、カロリーは、意志へ、信心へ、希望へ、そして愛へと変わる。ステーキは脳へ、パンは思考へ。あなたは食べる。あなたではないものがあなたになる。なんという不思議。なんという驚き。魔法というよりほかにない。

しかし、他人の見ている前で食べることは気が進まないし失礼でもある。都会に住んでいる人の多くがそう考えはじめていた。彼らのモットーは、「こっそり食べよ」だった。

こっそり食べる哲学は、新たなトレンドに成長していった。おそらく、ここ十数年のあいだ、社会全体に浸透していた露出主義への反抗として出てきたのだろう。露出主義によると生活はオープンにするべきで、明らかにできるものや売られるものはすべてさらけ出さなければならない。著名人は、新聞の文化面で、自分の性について、ア、バイ、トリ、それともトランスなのか明らかにしたり(1)、テレビのインタビューで愛人と夫のペニスの長さや嗜好や色合いを比較したりしていた。

いまでは、そういった競い合いは冒瀆と見なされるようになった。寝室でのあれこれは二人のあいだのことではあるが、食べることに関しては一人で実行すべきものとなった。口に食べ物を詰めこんでむしゃむしゃ食べて、ごくごく飲むことは、体内から澱を排泄することと同じくらい親密なことなのだ。食べているときは付き合わず、付き合うときは食べない、ということだ。

この見解を裏づける具体的な産物が、カフェテリア「カフェ・ソリテール」である。店内はカーテンで一席ずつきゅうきゅうに間仕切りされていて、椅子と丸い大理石テーブルがそれぞれ一組ずつ置かれている。カーテン越しに客が、ハチミツとバルサミコソースがかかった山羊チーズオープンサンドと、この町で食べ継がれて八〇年になるスッポンのケーキを味わっている。ところが、多くの人がつまらなそうにさっさと食べる。彼らは、じきにまた、トレンドが社交的な方向に変わるよう密かに願っていた。

カフェ・ソリテールには、報道関係者、司会者、スタイリスト、クリエイター、意識産業者、時代精神に敏感な人たちが訪れる。どういうわけか、ヘラクレスもそこでランチをとるようになった。

パッシング、性的ディアスポラ、インターセクシャル、横行するクィアと変態との関係を研究している文学者も見かける。ほかに、ギャルド誌の編集長も通っている。編集長の考えでは、美、調和、喜び、癒し、あるいは満足をもたらすような作品は芸術ではなく、真の芸術の姿は不快だという。

カフェ・ソリテールの常連客には、なにが正しくてなにが正しくないのかを誰も言うこともできないし、そもそも言ってはいけないという考えの道徳哲学科長や、どんなテクストも同等で質的な差異について話すことは不適切であり、作家という概念自体いいかげん改めなおすときだと主張する文学教授もいる。カフェにはアートミル校の彫刻専攻の教授もよく来ているが、教授は一体も制作したことがなく、製図は不必要な技術だと言っている。モデリングのことも、石膏流しのことも、ブロンズ鋳造のこともいっさい知らない。そんなわけで、彼の生徒もわかっていない。その代わりに、飛行機のプラモデルを組み立てたり、ギャラリーの壁に不正確な写真をかけ

(1) いずれもセクシャルマイノリティに関する概念。「ア」は「アセクシャル」で、男性も女性も性愛の対象としない。「バイ」は「バイセクシャル」で、両性愛。「トリ」は「トリセクシャル」で、両性愛よりも性愛の対象が広い。「トランス」は「トランスセクシャル」で、性転換的な性同一性。

たりする。写真には、「これはキツツキです」、「これはキツツキではありません」とサインペンで添え書きしてある。

カフェ・ソリテールの古くからの顔馴染みの客はもうすぐ九〇歳になる肖像画家である。ラハヤは、月に一度、肖像画家の家を訪ねて掃除をしている。メダルに称号に芸術賞と数多の賞を受け、政治家や皇族や作家や社長たちの肖像画を描き、どれも高い評価を受けている。巨匠と称され、生きたレジェンドと呼ばれているのに、四五年前の若かりし画家の展覧会評が尾を引いている。見習い編集者が地方紙に寄せた不幸な美術批評をいまだに嘆き、そのせいで、どんなに名誉を手に入れてもそれを味わえないでいるのだ。土砂崩れのように、地震のように、あるいは暗殺者のように、そしてわが身に迫る終わりのようにそれは彼に衝撃を与え続けている。

すっかり忘れさられてしまったこの短い批評とは、いったいどんなものだったのだろう。

「芸術家は、取りまく環境の問題よりも自身の魂を省みる。暗鬱とした木炭とパステル画法は、観る者にとって死ぬほどつまらない。神経質なタッチに絵の全体は不安定で、無意味なカオスに散逸している」

人間のふるまい――ハンドルネーム「ヘテロでもありたくない」の話

移ろう現実クラブの集会で、「ヘテロでもありたくない」がはっと思いついたように話をつづけた。

私たちは、セブの言う人物を見ることができませんでした。セブの姿も二か月くらい見かけなかったのですが、ある日、トンミとレンニと私の座っている喫茶「ニッセン」のいつもの席に再び姿を見せました。

「よぉ、どうなんだよ、タルパのほうは?」レンニが軽い調子で質問しました。

「あまりよくないね」

「ってのは?」

セブは煙草に火をつけて、私たちを焦らしました。

「おかしなことが起きたんだ」

「なんだよ、おかしなことって」

「父が会ったんだ、その生命体に」

セブが発した単語は印象的でした。

「気にすんな！」

「それだけじゃない」

セブは再び黙りこんで、スマートを一気に深く吸いこみました。当時、スマートは若者のあいだで流行っていた銘柄です。セブは目を瞑っていました。次第に、私たちは我慢できなくなりました。

やっと目を開けたセブが、声を落として語りだしました。

「父は会っただけじゃなく、交際してる。付き合ってるんだよ！　つまり、どういうことなのかわかるかい？　父はいかれてるんだ。本物の人間ですらないものに。僕がこっそり試しにつくったちょっとした人形みたいなものに。くだらない！　どうすればいいのか、僕にはもうわからない。一緒になんか暮らしたくない」

私たちはお互いに顔を見あわせて、セブは完全にどうかしていると思いました。

「なにをすべきか、本当はわかっているんだ。選択肢は多くはない」セブはささやくように言って、火を点けたばかりの煙草をもみ消しました。

「僕は、そいつに死んでほしい！　今すぐに！」

セブは怒りくるったように声を荒らげました。あまりの大きな声に、隣の席の老婦人たちはコーヒーを気管に詰まらせてむせていました。

「ソルディーノでたのむよ」私は、セブに落ち着くように言いました。

「たとえつくりだしたものとはいえ、こうやって生身になったものを殺す権利があるわけ？　そういうものでも生きる権利はないの？」

「そいつがセブのつくりものであるってことが、どうやっても信じられねえ。もし、そいつがほんっとにホンモノの人間で、セブがそいつを殺すんなら、本当にホンモノの殺人を犯しちまう」レンニが言いました。

「もちろん、選択肢はもう一つある」セブはおもむろに言いました。

「なんだよ？」

「僕が死ねば、そいつは死ぬ」

私たちは再び顔を見あわせました。レンニは、こめかみを指でトントンと小突きました。セブのことが本当に心配になってきました。前みたいに私たちはセブに一目おいて見ることもなくなり、セブの話自体が信じられなくなりました。セブは、そのことに気がついていたと思います。そして、ひどく傷ついていたとも思います。

その会話を最後に、セブをニッセンで見なくなりました。二か月後、セブは学校に来なくなりました。どうやら病気になったらしいのですが、どんな病気なのか私たちには知らされていません。セブに電話をかけてみたのですが、電話に出られないとだけセブのお父さんに言われました。セブは、施設にでも入れられたのだとレンニは強い調子で言っていました。

「もし、そうでなかったら、入れねえとヤバい」

レンニの言うとおりだったのかもしれません。その春、セブは学校には戻ってきませんでした。私たちにとって、最後の秋学期に入ったときでした。セブのお父さんが東欧のどこかの大使に任命され、再婚したという話が出ました。いったい誰と？　知っている人はいないようでした。セブは二人について行ったらしいとトンミは聞いたようですが、私とレンニはにわかに信じられませんでした。

あとになって、私は妙に思いはじめました。もしかしたら、セブは私たちに忘れがたいインパクトを残したいがために作り話をしたのかもしれません。たしかに、インパクトはありました。もしかしたら、彼は生まれながらに嘘つきなのかもしれません。ミュンヒハウゼン症候群を患っている虚言症の症状について本で読んだことがあります。そういう人たちは、とくに必要もないのにどんどん話をつくりあげたり嘘を吐いたりします。しかしながら、セブがいろんなつくり話をしていたかというとそういうわけでもなく、あのタルパ話くらいしか思いあたりません。それに、セブの苦しみを湛えた目や落ち着きのない指を思い出すと、本当だと信じていることをセブは話していたとしか思えないのです。

そして、それがもし本当なら、セブのタルパはこの町においてたった一つではありえません。あれこれ考えれば考えるほど聞きたくなります。通りや地下鉄やスーパーのレジに並んでいる見知らぬ人たちは、みんな、本当にこの世に生まれてきて大きくなったのでしょうか。それとも、つくりだされたものなのでしょうか。タルパ。想いのかたち。それは、束の間の物質化された意志にすぎないのでしょうか……。知り合いだってその確証はありません。よく考えてみてください。そして、気をつけてください。きっと、タルパは私たちのなかにたくさんいるはずです。私たちと同じ種になるかもしれません。機械がそうなりつつあるように、そしてすでにそうなったように……。


「ヘテロでもありたくない」が話を終えても、私たちはしばらくなにも言わずにその場に座っていた。

「なにか質問や意見はありますか?」アナトールの提案にセルマが応えたのには驚いた。たいてい、彼女は発言しないからだ。

セルマはきっぱりとこう言った。

「その話は誇張以外のなんでもないと思います。では逆に、人間の世界でなにがタルパでないんでしょうか？　お金だってタルパです。法律も規則も宗教も神も。科学だってタルパですし、芸術だってタルパです……」

「そうですね、そうとも言えます」

へテロでもありたくないは穏やかに答えた。

「あらゆるものはすべて人間のふるまいです。私たちの意志、私たちの憧憬、私たちの希望、私たちの復讐、私たちの貪欲が引き起こした創造物であり、トリックであり、人為構造であり、手品なのです……」

鍵

時は、滴のかたちである。

名誉教授のナイトテーブルの上には色あせた白黒写真がある。フレームのなかの一二歳の少年は妹と父親と祖母といっしょに船着き場に立っていて、夏休みを前にそろって島へ出かけようとしている。少年とは、名誉教授自身だ。ある決まった時間になると、写真立てのガラスが窓から射しこむ光に反射して、昔の自分も、妹も、父親も、祖母も見えなくなる。写真は鏡へ変わり、そこに四角形の町の空や雲や尖塔が映しだされる。

その夏、島の向かい側にある別荘で、九歳の少年がおじさんと過ごしていた。名誉教授はもう遊びから卒業していたけれど、年下の少年の気に入ろうと、その夏の遊びを最後に二人でいっしょに遊んだ。あるとき、少年が早く大きくなって子どもであることをやめたいと言った。しかし、そのときの名誉教授は思っていることを口に出せなかった。君はなにを望んでいるのかわかっていない、と。名誉教授自身、子どもであることをやめていた。その年の春に母親が死んだのだ。

いま、彼が思うのは、九歳の少年は正しかったということだ。抑えがたいことを欲することは、正しいし賢くもある。子どもはどうしても大人になりたかった。彼も欲することを学ぶべきだった。それなのに、いまだに上手に学べていない。

しかし、自分自身や思考や眠りが恐くないなら死だって怖がる必要はない。そう名誉教授は考えている。なぜなら、死のなかで、人間はいっそう深く自分の眠りのなかへと落ちてゆけるからだ。長く、喜びのない月日の流れとともにたまった疲労。その疲労を通して、新たな眠りが接近しつつあることを彼は感じていた。

迫りつつある深い眠りを待ちながら、名誉教授は浅い不安定な眠りにつく。玄関の鍵がカチリと音を立てた途端にびくっとしたように目が覚めたのも、そのせいだった。名誉教授の自宅の鍵は、彼が知るかぎりでは訪問看護師と掃除婦しかもっていない。訪問看護師を呼んだ覚えもないし、ラハヤは真夜中に掃除をしに訪れないだろう。なにかがおかしい、と名誉教授はピンと来た。そして、これは夢ではないと直感した。

玄関からひそひそ声と静かな物音が聞こえる。一人ではない。複数の人間がそこにいる。恐怖が名誉教授の内蔵を荒波のように襲ってくる。けれども、彼にはもはや恐いものなどないのだという想いに幻想は消え去った。

「誰だね？」声にならない声で名誉教授は言った。

玄関からは物音一つしない。いきなり、部屋の入り口のところに鳥の嘴をかぶった男が立っていた。

「静かにしろ。オレらにはやることがあるんだよ。そこでおとなしくしてりゃ、おまえにはなんもしねぇよ」

恐怖は彼を残したまま通りすぎ、また落ち着きを取り戻した。手短な号令、つぶやきのような不満、居間のフローリングを行ったり来たりする足音。なにか大きなものを引きずっている。きっとテレビだろう。持って行けばいい。歳月をかけて集めた版画コレクションさえ残っていれば。名誉教授は、妹の息子に遺そうと考えていた。

鳥の嘴が再びドアに現れた。

「現金はどこだ？　銀と宝石は？」

男は、タンスの引出しを勢いよく開けはじめ、中身をすっかり床に空けて書類の束を落ち着きなくあさった。そのなかには、名誉教授の犯罪学講義のメモも入っていた。彼の寝室では、いままさにエネルギーが働いていた。それなくして社会は機能しない、禁じられた熱狂が、ダイナミクスが、ダイナマイトが、ハイボルテージが。

怪傑ゾロのマスクをかぶった男が二人寝室に入ってきた。片方のトルコ帽が、名誉教授のベッドに一瞥もくれることなく、樫でできたタンスの上に掛けられた絵の額縁を指さした。もう片方はこっけいなチキンハットをかぶっており、黄色い足は紐代わりにあごで結んでいる。男は窓台に置いてあった銀製の燭台を手にとると、古美術商のように鑑定していた。

壁の絵は、名誉教授の若いころの祖父と祖母の肖像画だった。絵のなかの祖母は、ラハヤのように若々しくてブロンドだ。マリンブルーの服を纏った祖母が、手に白い薔薇を一輪持って大きな窓のそばに座っている。その瞳は、訪れることのなかった未来で満ち満ちていた。

「ごらん、ラハヤ」名誉教授がかつてこう言った。

「君にそっくりじゃないかい?」

トルコ帽は祖母の絵を壁から取り外すと、跡には白い四角形がぽっかりと残った。

「無駄だと思うがね」名誉教授はトルコ帽に親切に話しかけた。

「それは、私にとってしか価値のないものだ」

「額だけ取ろう」チキンハットが言った。

「なにがこんなにくせぇんだ」トルコ帽が鼻をつまみながら聞いてきた。

「あのオヤジだよ。死にかけてんだ。さっさとずらかるぞ」一番先に入ってきた鳥の嘴が言った。

死は臭う。死にゆく人間の臭いは感じとれるのだ。強盗を前にして、臭いは名誉教授に羞恥か罪のようななにかを感じさせた。この若い男たちは、彼に嫌悪感を抱いている。それは単なる嫌悪ではない。名誉教授は、初めは彼らを恐れはしたが、いまは彼らが恐れている。名誉教授のなかに住んで進行しているものを、そしてそれ以上のものを。

トルコ帽がポケットからナイフを探りだして、祖母の肖像画を額縁に沿って切り裂いている様子を見た途端、名誉教授の羞恥心は憤怒の波に取って代わった。こんなにも涸渇してしまった肉体のどこに、飛沫を上げる波が潜んでいたのだろう?

名誉教授はベッドの手もとのコントローラーで、上がるだけ背もたれを上げた。そして、働きざかりの頃のよく通る声で、講義をしていたときの声で、喉歌合唱団の練習のときの声で、こう言いわたした。

「絵は置いていきたまえ」

「死人がなんかボヤいてんぞ」チキンハットがベッドに寄ってきた。

次の日、ラハヤが預かっている鍵でいつものようになかに入ってきた。玄関から室内へすぐに向かったのか、それともしばらく玄関に留まっていたのか。マットは乱れ、床には染みがついていた。特別変わった静けさは耳にしなかったが、変化は目にする前に感じとっていた。

人間の呼吸がまさに停止したような部屋の静寂。誰も住んでいない空間の静寂。なにかが押しいり、そこで犯罪が行われ、秩序が破れ、ものがあちこちに散在し、乱され、犯され、盗まれ、あるいは力ずくで人間の命が奪われ、なにかが変わったということが感じられた。

名誉教授は、ベッドから落ちて床の上に倒れていた。ミトコンドリアの小さな工場はもはやエネルギーを生産しなかった。健康な細胞も病んだ細胞も、壊滅した町のように分散してしまった。内部間のすべての連絡が断ち切られてしまった。群れは働きを止め、全体はもはやなかった。さっきまで生きていた人間がいた場所にあるのは、分散した死んだ肉体だった。

それは人間らしい見解ですね、と免疫学者なら言いそうだ。死とは、尺度の問題にすぎないと補足するかもしれない。つまり、分子とかバクテリアとか、ましてや原子や素粒子レベルで話すなら実際にはなにも変わってはいないのだ。けれど、そんな補足がいったいなんの役に立つというのだろう?

ラハヤは救急車を呼んだ。救急隊は警察を呼んだ。名誉教授はベッドから転落したものとされ、背もたれ部分がほぼ直角に上がっていることから、打撲跡は落下によるものと推定された。家宅侵入前に起こったのか、それともそのために事件が起こったのかがはっきりしなかった。

なんでも知っている情報提供者ドルイドによれば、名誉領事の自宅から物品が盗まれた。そのなかには象牙や銀の酒杯といった高価なものもあり、安価な土産物も一部含まれているという。名誉領事や名誉教授の持ち物は、豚小屋、つまりダルジャの家から発見されたらしい。玄関には押しいった痕跡はなかった。

ドルイドの言う通りだった。豚小屋は家宅捜査され、貴金属は警察に押収された。ところが、ダルジャは知らないの一点張りだ。ダルジャの留守中に、知り合いの知り合いが物品を家に持ちこんだと言い張っている。免疫学者は、豚小屋に掃除隊を送りこんだ。ラハヤ一人では手に負えなかったからだ。売買していた少年少女は、どこかへ散り散りに去っていった。ダルジャは薬物依存者リハビリ施設に入所した。だが、犯人は誰で、どこから鍵を手に入れたのか、迷宮入りになった。

おじの死体を目にした妹の息子がこう言った。

「おじさんじゃないみたいだ」

黒い石。

石や鉱物にはナノバクテリアの群れが生きている。

ダッパカッパが話をしているあいだ、わたしは自分が移ろう現実クラブに入った理由を考えていた。ダッパカッパの父親は、十数年前にちらりと見かけたような気がする。しかも、ここ蜜蜂の館で。きっと、わたしの祖母が「講師」と呼んでいたミイラがそうだったに違いない。

さて、なにを話そうか。黒い石とある夏の朝のことにしようか。わたしはその日、一番に目が覚めた。いつものように、ひと泳ぎするつもりでサウナ小屋にタオルをとりに行った。でも、いつもみたいに桟橋の梯子から泳ぐのをやめて、その日は西の岩場までちょっと足を伸ばしてみようと決めた。

よさそうな泳ぎ場所を探していたら、海岸の黒い石のようなものが目に留まった。いままでに見たこともないほどあまりに黒いので、わたしは目を疑った。油膜なのか、それとも土にできた深い穴なのか。そばに寄ってかがんで、黒い物体を確かめようと人差し指で触れてみた。指は、めりこまなかった。物体を持ち上げてみれば、それは油でも穴でもなく石だった。でも、変わった石だった。滑らかで、円く平らな石。水切りにはもってこいの石だ。こんなにも見事に水によって削られて摩耗された石は、内海の海岸で目にすることはめったにない。たいてい、外海の荒波に揉まれた海岸で見つかるものだ。石は、驚くほどしっくりとわたしの手になじんだ。石の片端は細く尖っていて、その重さにも驚いた。これくらいだろうと予想していたよりも二倍は重かった。

なかでも一番目を惹いたのは、その黒さだ。均質で完璧な黒。夜の黒。漆黒。消炭の黒。手のひらの石を何度も引っくり返してみたけれど、どこもかしこも黒かった。どの角度から見ても、黒さに変わりはなく等しかった。石は、一条すら残すことなく全方向から光を吸いこんでいた。たまたま色彩学で、真っ黒は存在しないと読んだことがある。真っ黒は、自然界に在るものでもなく、かといって合成的につくりだせる色でもない。どんなに究極な黒であれ、黒い物質はすべてわずかでも光を反射する。ところが、この石はどうだろう。まるで、楕円を描いたブラックホールだ。手のひらに載せると、わたしの視線はその闇に釘づけになった。

石はポケットに入れて持って帰った。みんなが目を覚まして朝食につくと、わたしはポケットから石を取りだした。

「きれいねえ！」姉が声をあげて、石の表面を指でなぞった。

「片麻岩だと思うけど、やけに黒いね」姉の旦那が言った。

姉は、石をテーブルの上に置いて指先で動かした。石は駒のようにぐるぐると回転し、尖った片端を振動させながら、わたしを指すようにやがて動きを止めた。

「当たった人が質問に答えなきゃいけないビン回しゲームみたい」

「あなたが当たったわよ」姉が言った。

「なにに答えればいいのかしらね」

「すごいなあ！　これは自然がつくりだせるもんじゃないぞ」

「でも、なにか意味があるのかしら？」

「きっとなにかの儀式に使った道具よ」姉が言った。

「それにこの色……。アイソトロピック・ブラックとでも呼びたいね。国立研究センターに送って分析してもらうといい」

義兄の言う通り送ることにした。

「姉さん、明日、帰るときにいっしょに持っていくから、忘れないように声をかけてくれる？」

わたしはそう言って、出窓の鉢植えバジルの隣に石を置いた。明日、息子と町に戻ることになっていたのだ。ところが、朝になって出かけに石を持って帰ろうとしたら、石が見あたらない。

「ねえ、あの黒い石、見なかった？」

わたしは二人に聞いた。姉と義兄とわたしはみんなで石を探したけれど出てこなかった。そのとき、六つになる息子が満面の笑顔でなかに駆けこんできた。

息子は石を見つけて、桟橋で水切り遊びをしてきたところだったのだ。

「一〇回跳んだよ、ううん、一一回だったかも」息子が言った。

カフェ・ソリテールでの乱流

カフェ・ソリテールで騒動が起こった。居あわせたヘラクレスが現場の目撃者になった。

「ちょっとした乱流だったよ」ヘラクレスは状況を説明した。

カーテンに隠れて、「時空間」と名のる芸術家がちょうど食事をとっていたときだった。仕切りカーテンがいきなりすごい音を立てて開けられたかと思うと、『よくない俳句』で有名になり、サークルで詩を教えている文化人が押し入ってきたのだ。

お店の人は、あとから入ってきた詩人を追いかけてこう言った。

「ご覧のように、こちらの席は空いておりません。ほかの席ならご利用できます」

詩人は店員の注意を無視して、ひと言もいわずにただ時空間を見つめていた。詩人は、なにかに怒っているようだった。目の前に立つ黒い彼の姿を認めた時空間は、トーストの欠片とハチミツとバルサミコソースがかかった山羊チーズの塊がついた口もとを、ナプキンで拭いながら立ち上がった。皮肉屋で知られている通り、なにか皮肉を浴びせかけようと口を開きかけたが、時はすでに遅かった。よくない俳句の先生は、芸術家の首に手をかけて、実に単調なリズムで時空間の頭を大理石テーブルにガンガン叩きつけたのだ。その勢いで、口もとに残っていたトーストの食べかすが店内に飛び散った。

ほかの客たちも、巣穴から出てくる森の動物のように間仕切りから姿を現した。隣の席に座っていたヘラクレスがあとで言っていたが、この活動的な事件が全体をひどく活気づけたようだ。カーテン越しにちらりと覗いて満足する人もいれば、警察を呼ぼうと携帯電話をつかむ人もいた。あとからほかの店員も急いで現場に駆けつけたが、騒動ははじまりと同じくらいあっという間に終わっていた。まるで、颶風の一陣がカフェに吹き荒れ、それと同時に激した俳人を吹き抜けたようだった。

「だいじょうぶですか？　救急車を呼びますか？　それとも、警察？」店員が聞いた。

「一度にいろんなことが起こって……」時空間は赤くなったおでこをさすりながら言った。

「気にしないでください」

そう言うと、時空間はコート掛けから虎模様のベストをぐいっと引っぱって、脇目もふらずに通りへ急いだ。五月の穏やかな午後だった。

「お会計、お忘れのようです」店員はそう言ったけれど、時空間を追いかけることはしなかった。常連客だから、次に来たときに清算するのだろう。

カフェ・ソリテールの隠密は破れてしまった。カーテンはすっかり開け放たれ、客は思いがけないハプニングについて寄り集まって話し合っていた。

「パフォーマンスだ。事前に決まってたんだよ」ヘラクレスが言った。

「いいえ、違います。不意うちです。おわかりでしょう。殺人未遂事件とでも言いたいですよ」店主が言った。

「でも、いったいどうして？」ヘラクレスはわけがわからなかった。

「お忘れですか？」

ギャルド誌の編集長は、その場にいる人たちに対して、攻撃の的になった芸術家が有名になったという事実を話して聞かせた。この時空間自身、前にも事件を起こしてスキャンダル沙汰になったのだ。そのときはポケットに絵筆を忍ばせて国立美術館に入り、ホンブルグ・ヘンスレフの世界的名画『無色の時』の傍まで行くと、色のついた絵筆を思いきり二度もふりかざしたのだった。

「おそらく、詩人はそれに憤慨していたのだろう」編集長はそう言った。

「巨匠の名画を壊すなんて。どういうつもりなんでしょうね」カフェ・ソリテールの店員がぼそりとつぶやいた。

「そうお考えですか？」ギャルド誌の編集長の聞き方には棘があった。

「芸術の主たる任務は挑発と境界線の破壊です。その任務を、時空間は模範的に遂行したわけです。昨年の春、この『ホンブルグ・ヘンスレフ』パフォーマンスが、彼の博士号授与式の真意だったということをお忘れですか？」

ヘラクレスは、アートミル校の校長が、教育大臣のスピーチ中にタキシードの胸もとに嘔吐したという博士号授与式についての記事を思い出した。校長は最前列に座っていた。なんとか校長を袖へ連れていこうとしたけれど、椅子の肘かけにしがみついて離れないので、椅子ごと運ばれた。この一件は、夕刊紙をある程度賑わせた。ある記者が、ことの真相について校長に問い合わせたところ、こんな返事が返ってきた。

「力関係の分析です」

「つまり、起こった事件はなんらかのハプニング・パフォーマンスということでしょうか？」

「まさにそれです」

「では、椅子にはなにか特別な意味でもあったのでしょうか？」

「まさにありました。椅子は、一般人の目を権威信仰と力の構造に留めておく真正な要素でした」

正午を回り、カフェ・ソリテールに平穏が戻ってきた。孤独な客たちは、再び一人でむしゃむしゃ食べてごくごく飲み続けている。店の窓から、通りをはさんで墓地が見える。高い石壁と、そこからのぞくモミの枝や綻んだばかりの菩提樹の花冠。でも、公園のベンチに座って太陽を浴びている呼吸者の一人の姿が見えない。彼は、袖をまくり上げて顔を光に向けていたのに。そこで、目を瞑って、無念無想で、春の清らかなエネルギーを吸いこむのだ。

木々も同じ光を浴びる。果てなき無限の光を。木々の葉は、大気から無尽蔵の太陽を貪る。星は混沌とした大釜のごとく滾る。あらゆる波長に乗って煌めきながら、途切れぬ粒子の流れとなって太陽風を放射しながら。もし、太陽の核がヴァッシの言うように氷であるなら、こんなにも溢れるくらいに燃え、無限に費やし、自らを制することなく流れ続けることがいかにして可能なのか。わたしたちの栄養となるものすべて、カフェ・ソリテールの間仕切り席において摂るものも含めて、太陽という存在があってこそなのだ。

公園のベンチを、新しい車椅子がゆっくりと通りすぎてゆく。妻と娘の墓参りに来た足のない男だ。車椅子に二匹のリスが駆けのぼる。墓地の生きた貴重な住人たち。リスがなにを探し求めているのか、足のない男は知っていた。リスのために、彼はピーナッツの袋をポケットに入れて持ってきていた。リスが、新しい義足を隠したサマーパンツに這いのぼる。彼には、リスの軽やかなステップの重みはわからない、ただ見えているだけだ。すばしっこい動作を目で追いながらロシア生まれの祖母を想い、子どもの頃によく歌ってくれた歌を思い出した。

りすは歌をうたってて、
くるみを絶えずかじっているが、

それがただのくるみじゃなくて、
ひとつ残らず殻は金、
実はほんもののエメラルド。

（アレクサンドル・プーシキン著　北垣信行訳「サルタン王の話」
『プーシキン全集第三巻：民話詩・劇集』河出書房新社、一九七二年）

二つの頭をもつ昆虫

ホップ、マメ、スイートピー、あるいは朝顔の成長を、毎日のように観察している人はいるだろうか？　その巻き髭のゆっくりとした手探りは、絶対的な確信をもって支柱をめざし、曲がりくねりって何日もかけて絡みつく。その様子を見ていると、植物にも目があるように思えてならない。

セルマは、種から育てた朝顔の成長を観察していた。すくすく伸びて、ぐんぐん支柱を越えて、日の当たらないブラインドの紐をつかみはじめていた。

朝顔のふるまいはセルマにとって謎だった。しかし、その謎は、黒い塊とはまったく違ってきらきらして魅力的なものだった。黒い塊、そしてセルマとは無関係の新たな悩みの種は台所の戸棚に現れた。スペルト小麦の入った袋にいくつもの小さな穴が空いていて、粉が棚にこぼれていた。バリラのスパゲッティNo5は、袋のなかでポロポロの状態だった。

「ゴキブリだ！」シメオンが言った。

「ここにゴキブリなんていないわよ」セルマはいまにも泣きそうだった。

だ。

「じゃあ、蛾だ」

やっとのことで「真実と理論」を書きあげたシメオンは、粉袋の穴を気にする余裕ができたの
「蛾には翅があって、ひらひら飛び回るでしょ。ここでそんなの見なかったわ」

ほかにも、そば粉の袋やサンメイドのレーズンの紙箱も齧られていた。シメオンが大学に出かけたある日の朝、セルマは犯人だと思われる生き物を目にした。黒光りした横長の昆虫らしきものので、体長は三センチくらい。それはとてもすばしっこかった。冷蔵庫の下にちらりと姿を現したかと思ったときには、もう姿はなかった。それとも、見たと思っただけだったのか？　生き物は、ぎょっとするような奇抜な風貌だった。触覚が前にも後ろにもついていて、頭が二つあったように見えたのだ。その発見にセルマは思わずコートを引ったくって通りへ駆けだした。図書館にしばらく居座って、ドーナツバーに寄り、そのあとネイルスタジオで新作のネイルを見て帰宅した。セルマが家に着いたときには、もう大学での講義を終えたシメオンが帰ってきていた。

「ありえない！　見まちがいだよ」

「つまり、私は幻を見たって言うのね。言っときますけど、私はまともだったし、あなたも知ってるように、いっさいそういうものも使ってないわ」

「見たものを、まちがって解釈することもあるってことを言いたかったのさ。もしくは、交尾中

の昆虫を見たのかもしれないよ」

「自分がなにを見たのか、私にはわかってるわ」セルマは小刻みに震えていた。

「トリルドと話してみようか？」

トリルドは、シメオンの昔のクラスメートで昆虫学者である。

「それじゃ、ついでのときに話しておいて。ほんとに二の次にしてよ。ばかにされるから」

「二頭昆虫のことをどうやってついでに話せばいいんだ？」

シメオンがトリルドを呼んだその日、わたしもたまたまその場に居合わせた。シメオンは後回しせずに、まっさきに現場で二頭昆虫のことを話していた。

「昆虫図鑑はあるかい？」

シメオンは本棚から図鑑を探した。そこには、二〇〇〇を超える昆虫についてカラーで紹介してあった。

「君が見たのと同じようなものを探してみて。もちろん二頭でないものを」トリルドが言った。

セルマはオサムシを選んだ。

「Carabus coriaceus。この国では、生息が確認されていないオサムシだ」

「この場でしばらくお待ちいただければ、ご自分の目で確認できますよ」セルマが言った。

トリルドはさっそく身構えた。

「三〇分とかからないね。多すぎるくらいだ」シメオンが言った。

カップに緑茶を注いで、それぞれ本や新聞を手に席について読書をはじめた。

「カップをカチャカチャ鳴らしたり、ガサガサ物音を立てたりしないでね」

セルマの忠告通り、わたしたちは少なくとも三〇分は静かにしていたけれど、とうとうシメオンがしびれを切らして席を立ってこう言った。

「無理だね。答案用紙のチェックをしに行くか」

そのときだった。冷蔵庫の下から、硬くて黒くて光沢があって、青みを帯びた輪郭のなにかが顔を出したのだ。探るようなアンテナは、床のまん中に向かって伸びていた。

トリルドはティータイムでくつろいだ姿勢をさっと正し、シメオンは再び座りなおした。

動物は、途中、ぴたりと足を止めながらも敏捷な動きで床の中央めざしてひたすらに前進した。

そして、ターンするとさっと幅木に隠れた。

「私の言った通りでしょ」

「Carabus violaceusだと思う。スクラテムをまちがうはずがない。艶やかな鞘翅、粘着性のある触覚、頑強な顎。もの珍しくもなんともありません。ほぼ至る所で確認されています。頭が二つだということについては申し上げるのを控えておきます」

「なんですって!」セルマは声を荒らげた。

「あなたには目がついてないんですか？　あそこにほら、あなたの目の前にじっといたじゃないですか。ちゃんと見たはずです。顎は二つありました。そして、触覚も。シメオン、あなたも見たでしょ？」

「信じられない。信じられない」シメオンは繰り返し言った。

「二頭昆虫は動物学的にありえません。どちらの方向に行くのか、どちらの頭が決めるんですか？　内臓器官や消化機能はいかにして組織されているんですか？」

「**あなたも**見たわよね？」セルマがわたしに聞いた。

わたしはすぐには答えなかった。わたしも、自分が見たものに確信を持てなかったのだ。その代わりにこう言った。

「でもね、わたし見たことがあるのよ。二つの頭をもった昆虫の絵を」

「どこかの図書館で？」

「ううん、心の病の診療所のアートセラピー展覧会場で。ありありと覚えてるわ。A4用紙に鉛筆で描かれたシンプルな線画だったけど、すごく印象に残ってるの。へんね、いまになって昨日のように思い出すなんて。きっと、時間の経験と関係してるのね」

「どういうこと？」

「動物の片方の頭は過去を、もう片方は未来を見ていた。その動物も、どっちの方向に行ったらいいのか、わかっていない。その絵のなかには、なにか閃きのようなものを感じたの。精神分裂病患者が自分の幻覚を絵にしたものだったかもしれないけど、でも、それは同時に人の魂の絵でもあるような気がしたのよ」

「比喩と幻覚と魂について話してもさっぱりわからないわ。絵を描いた人は、私と同じものを見たのよ。ここにいるみんなも見たでしょ。なにか本当のものを、みんなが見ることができるなにかを」

「新種は次々に誕生して、古いものは消えてゆく。きっと、新種か突然変異だったんだろう」シメオンが言った。

「遺伝子技術研究所かどこかから脱走しちゃったのかしら？　それとも、ラドンに誘発されたとか？　発電所から知らないあいだに漏れていたとか……？」セルマは考えこんだ。

「みなさん、ちょっと考えすぎです。僕は、あれやこれや考えないことにします。あなたたちは見た。そして、僕は見なかった」

トリルドはそう言い残して帰っていった。その晩、生き物はもう現れなかった。翌日、シメオンは見たということそのものに疑いを持ちはじめた。

「でも、自分の目で見たじゃない」セルマはひどくがっかりした様子で言った。

「それがなんの証明になるんだ？　幻覚も自分の目で見るものだ。みんなで共通の幻を体験したんだろう。トリルドを除いて」

　夕方、シメオンが帰宅すると、台所の調理台に二頭昆虫の片割れがぐったり横たわっていた。二つの頭。そして、二本の触覚はもうぴくりとも動かなかった。

「ほら、いいかげん信じるでしょ」

「正気かい？　僕はなにを信じればいいんだ？」

「ラハヤが見つけたのよ。ほら」

「これを？　ああ、セルマ。たしかに二つの頭だ。頭が二つあるなら体も二つだ。というか、少なくともあったんだ」

「頭は同じ一つの個体についていたの。二つを一つに合わせてみてよ。ぴったり合うから」

「わからない。ラハヤが一匹を半分にしたのか、それとも、ばらばらの二つを見つけたのか」

　シメオンは溜め息を吐《つ》いた。セルマも吐《つ》いた。そして、二人の気持ちは引き返せないほど離れていった。この二頭昆虫事件が引き金を引いたのかもしれない。わたしは、あとになってそう思った。

ホモ・ポンゴイデス――「ドライバー」の話

沼に、草丈が一〇〇キロメートルで、草丈幅が数キロにもなる単細胞植物が生えている。

移ろう現実クラブで、ドライバーが話を続けた。

人というのは、決断を下していないときこそもっともすばらしくふるまうものです。私は、そう確信しています。運転中の私は車と一体化し、なにも意図することなく、なにも選択することもなく、その都度ハンドルを切ります。

ところが、いつもそううまくいくわけではありません。

私が好んで走っている道は、高速道路から逸れて海岸方面に寄り、細く曲がりくねって蛇行しています。夏時分は、バイク連中のツーリングロードとなりますが、最高に美しい夏休みシーズン中を除けばまったくと言っていいほど交通がありません。この道沿いには、決まって気持ちが昂る場所と景色があります。人との付き合いで、こんな感情はここしばらく覚えていません。赤の他人に、こんな気持ちを表現するのは難しいものです。きっと、お聞きのみなさんはうんざりしてしまうかもしれません。

(ドライバーの言う通り、わたしはここではぁと溜め息をついた。)

急勾配の上りきった曲がり角に唐松の生えた丘があります。そこには以前、築一〇〇年はとうに超えた風車があったのですが、そこの荘園の主が怒りにまかせて風車を壊してしまいました。どうやら、国の遺跡保存評議会が修復のための助成を認可しなかったようです。

左手には、ポッキリヤナギに縁どられた私道があり、果てしなくつづく荘園へと連なっています。道が再び下りはじめると、樫の並木道を斜に切る刈り株畑の黄土色が目に飛びこんできます。私ははっと息をのみ、並木道に向かってアクセルを緩めます。そこを走ったこともなければ、歩道を散歩したこともありません。でも、私を魅せてやまない道です。いくら眺めても飽きたりないその様子は、光の方向と量感、そして天候と畑の色とともに一瞬一瞬表情を変えるのです。

右手には、並木道から細い砂利道が続いています。私はそこの溝すれすれによく車を停めて、でこぼこの田舎道をてくてくと歩きます。歩いていると、田園風景らしい草原が開けてきます。

草原は切り立った岩に囲まれた谷にあり、廃屋となった小作人小屋の基礎石がぽつんとあります。ベリーの茂みとプルーンの木々の生えた野生林。谷の北側から広がる大いなる森と果てしない沼。

一〇月、雨模様で、辺りもどんよりしていました。町からの帰り道、私を追い越す車もなく、対向車もありませんでした。自転車を漕いでいる人も犬を散歩させている人もいなければ、霞立つ刈り株畑に耕運機一機すら認めませんでした。

ぽっこりと盛り上がった道を折れ、以前、風車があったちょうどその場所で、対向車のライトに私の目は眩みました。対向車はものすごいスピードで中央線を走行し、私は溝に突っこみそうな勢いでハンドルを切りました。

そのときでした。なにかが車体の右側を横ぎったのです。毛むくじゃらのがっしりした大男のような、黒ずんだ姿でした。

パニックブレーキでした。車が停止したときに鈍い衝突音と鋭い衝撃音が聞こえました。ぶつかったのはサイドミラーのはず。私は、シートベルトを引っぱるように外してグローブボックスから懐中電灯を取りだすと、震えの止まらない足で車を降りました。私は、誰かを轢いてしまったのでしょうか？　ぐったりと横たわる犠牲者を目の当たりにすることを予期しながら、車をぐるりと歩いてみました。懐中電灯で車の下も照らしてみました。けれど、誰もどこにもいないのです。霧だけが、秋の漠とした畑にちかりと光っているだけでした。

右のサイドミラーは粉々に割れて溝に飛び散り、ドアは何か所も大きくへこんでいました。ドアには一本の長い毛がくっついていましたが、幸いなことに、どこにも血痕はありませんでした。毛をつまみ取って指先で触って確かめてみると、それは、長くて硬く、灰みを帯びて根元部分に向かって黒くなっていました。

毛をじっくり調べて、ぶつかったのは動物にまちがいないと思いました。きっと鹿でしょう。だいたい、こんな穏やかな初秋の晩に毛皮のコートを着る人なんていません。ただ、鹿は二本足で歩きません。びっくりしたのと霧が出ていたせいで、きっと錯覚でも見たのだと思います。だんだん落ち着いてくると、どういうわけか、私は財布の小銭入れに毛をしまいました。

本来ならば警察に通報するべきなのでしょうが、そうしませんでした。把握したかぎりではけが人は出ていませんので。私は、のろのろ運転で家路につきました。ところが、どうしたことか家までの一本道に入る手前で私は左に折れて、近くのバーというかコンビニの庭に車を走らせました。店の明かりは、もの寂しい遠くの道まで照らしていました。どうしてこんなに夜遅くまで店が開いているのか、不思議でした。夏には表にテーブル席もたくさん置いてあるのですが、店内は二席がやっとという感じです。これといって食欲はなかったのですが、無事を祝ってというか、慰めに一杯のコーヒーとぽそぽそのドーナツも一つ頼みました。私の人生を変えかねないようなひどい事故になるかもしれなかったのです。そう思うと、本当にラッキーでした。

注文の品をテーブルに持っていこうとくるりと踵を返したとき、もう一つのテーブルに中年男性が座っているのが目に入りました。ビールジョッキを目の前において、疲れきった様子でした。誓って言いますが、私が店に入ってきたとき席は空いていたのです。男は知り合いではないのですが、まったくの見ず知らずというわけでもありませんでした。この男とは、運転しだして間もないころ、こういったサービスエリアや寒風の吹きすさぶガソリンスタンドでたびたびばったり会っていました。白いシャツに黒いネクタイを締め、超ショートジャケットをはおり、ボトムはホットパンツに登山靴といった変わった着こなしをしていました。額には、痛々しいおできがありました。私が給油をしていると男は隣で給油をし、私が食べに行くとちょうど男がレジで会計しているのです。信号制御された交差点で高速道路に入ってくる公共車両に乗った男を見かけたと思ったら、その二〇分後に、私がまさに開けようとしていたコンビニのドアから男は夕刊を手に出てきたこともありました。

このときも、男はいつもと同じちぐはぐな格好をしていました。毛深い足をズボンからのぞかせつつ、いまから葬式に行くような黒いネクタイを締めていました。額の腫れはいっこうにひいていませんでした。というより、もともと腫れものではなかったのかもしれません。おそらく、男の額自体が特別に変わった形をしているにすぎなかったのでしょう。いやな予感がしました。もしかしたら、男は私に会うためにここに来たのかもしれない。私自身、ここに立ち寄ることになろうとはついさっきまで思っていなかったのに。

ですから、私が腰を下ろさないうちに、男が席を立って私のところに来ても驚きはしませんでした。

「どうしたんですか？」男が聞いた。

「どうかしましたか？」私は、平静を装って聞き返しました。

男は窓に向かって頷いてみせました。それで気づいたのですが、私はへこんだほうのドアと割れたミラーを店の照明を浴びるように駐車していたのです。しまった、と思いました。しかも、表に停めているのは私の車だけでした。つまり、男はなかに入ってくるほかなかったわけです。

「ちょっと事故っただけですよ。たいした事故じゃありません」私はわざと避けるように言いました。

「へえ」

男はそう言うと、私をじっと見つめました。なかなか続きを言わないので気まずくなりました。

「どちらで？　差しつかえなければ。風車小屋のところでしょうか？　見通しがきかないカーブですから」

「風車小屋なんかありませんが」

「昔はあったんです」

よく考えもせずに、私は財布から毛を取りだしました。

「なにか、生き物がドアにぶつかりましてね。こんな毛の」

「生き物ですか」

男はゆっくりと言って、私の手から毛をとると、ランプにかざしてずいぶん長いこといろんな角度から眺めていました。

「その生き物はどうなりました？」

「おそらく、頭をちょっと打って森に逃げたんでしょう。車から降りたときには、もう動物の姿はなかったんですよ」

「動物ではありませんね」

「どういう意味ですか？」

「ホモ・ポンゴイデス[1]」

「なんですか？」

「ホモ・ポンゴイデス。直立歩行します。ご存じのように、ここには広大な森がありますからね。彼は、というか、彼らはこういった森とか湿原に住んでいるんですよ」

「彼ら？」

「一人なわけがないでしょう」

私は、男がからかっているのかどうか表情を見てとろうとしました。それに、そんな格好で凍えないのか聞いてみようとも思ったのですが、そんな暇はありませんでした。

「ラッキーでしたね、殺さずにすんで」

そう言うと、男はホットパンツ姿で小糠雨《こぬかあめ》のなかを歩いていきました。明かりに照らされた姿が見えなくなるまで、私は窓から見ていました。

「あのお客さんのこと、ご存じですか？」

私は、男のビールジョッキを下げにやって来た店の女性に聞いてみました。改めて見れば、男はほとんど飲んでいませんでした。

「いろんな人がいますからねえ。この辺りじゃ見ない顔ね」女性はテーブルを拭きながら答えました。

「そうですか？　なんだかこの辺の人みたいでしたけど。いろんなことを知ってましたよ。じゃあ、ホモ・ポンゴイデスのことは？　彼が言っていたことをお聞きになっていたでしょう？

そのことについて、なにかご存じですか？」

女性はしらけたようにそっけなく首をふって、コーヒーメーカーに水を注ぎ足しました。

店を出ると、北から湿った微風が漂ってきました。イソツツジのむんとした匂いだったような気もしましたが、そんな訳ありません。冬も近いし、もう咲き終わったはず。もうすぐ初雪も降るというのに。

（1） 未確認動物。猿のような人。

星団のなかには小さな星団がいくつもある。それらの重力の差し交わす火は、星々を星団のそとへ弾きとばす。

燻《くすぶ》り

アフリカボアがテラリウムから脱走した。ヘラクレスがいつも平らな水切り石で塞いでいるガラス天蓋板の給餌穴が、ぽっかり開いていたのだ。開けっ放しにすることなんてありえない、とヘラクレスは言い張った。塞ぐことは習慣になっていたからだ。セルマはラハヤにも聞いてみた。彼女も、たしかヘラクレスの爬虫類の餌つけをしていたはずだ。しかし、ラハヤは質問自体がわからない様子で再び押し黙ってしまった。

ヘラクレスよりも先に、アフリカボアが飼い主を見つけた。ボアはサイコマンテウムのセッションルームに滑りこみ、リクライニングチェアのアームに絡みついていた。ヘラクレスは、薄暗い部屋に入って、同席者に気づかないままヘンリー・パーセル(1)の『コールド・ソング』を聴くつもりで腰かけた。

彼の腕は紫に腫れあがり、一週間、外来病棟に入院した。心拍不全になったものの、客が噛まれなくてよかったと安堵の胸をなで下ろした。

ボアに噛まれた次の週、事故が起きた。蜜蜂の館で、夜中に火災が発生したのだ。多機能テストウィナー製品が、べっとりと燃えて灰になった。高価なボンデージベッドは黒い煤をかぶり、ラテックス製の鞭やゼリーバイブ、「快楽」のありとあらゆる媚薬やモーター搭載ペニスリング、それにSMスターターキットは本来の使用目的すら想像できないような燻る無形の塊となった。

火もとは、ポルノショップ「快楽」の倉庫だった。けれど、どんなふうに引火して、なぜ出火したのかがわからない。火の手は「快楽」だけに留まったが、火災後の煤による被害が蜜蜂の館の一階部分に現れ、シーグベルトの住居の水道管が損傷した。それによる湿気のせいで、彼のハイブロットに不具合が生じた。

「ここしばらく具合がよくないんだ」

こう漏らすシーグベルトは、本当にハイブロットのことを心配しているようだった。

プラスチックとシリコーンは有害な物質を生成する。黒煙は、三軒向こうまで拡散していた。休憩所は閉鎖され、保存食はすべて廃棄することになり、団体は一か月以上も館で集会を開けな

---

(1)（一六五九～一六九五）イギリスを代表するバロック音楽作曲家。不規則で自由奔放な音楽が特徴。「コールド・ソング」は、オペラ『アーサー王』の一曲。

かった。

出火の原因についてさまざまな憶測が乱れ飛んだ。老朽化した電気機器の漏電の可能性ということもあるし、オーナーの一一月の商談ルームでのヒーターの使いすぎということもありうる。取引は、たいてい軽装で行われるのだ。

火事は、ニュートン理念を謳う経営者に終焉を告げたのだろうか? いや、そんな心配は杞憂だろう。ひと滴ほどのアクアマリンペンダントを下げた大佐がドナーツバーでがっついているのを見かけたからだ。彼は、経営を再び立て直して、以前のように店をやっていくことだろう。

なかには、保険金詐欺を疑う陰険な人もいた。聞けば、大佐は流動性資産の運用に頭を悩ませていたらしい。ビジネスが期待していた結果をもたらさなかったのだ。客は、ゼリーバイブやポケットサイズのヴァギナを輸入元から直接ネットで注文していた。オーナー本人は、火事があった日は外出していた、とドルイドが話していた。

「誰かに仕向けさせたのかもな。下りた金を給与に当てたとか」病院で火事のニュースを聞いたヘラクレスが言った。

誰を仕向けたのかということで憶測が飛んだけれど、わたしにとってはどうでもいいことだった。

火事があった次の日、すぐにセルマから電話があった。わたしがヘラクレスのことや火事のことをしんみり話そうとする間もなく、セルマは話題を切り替えた。

「わかったのよ、ラハヤが土曜日になにをしているのか」

「そうなの？」

そっけない返事をしたのも、わたしには関係のないことだからだ。

「ラハヤは、モーテル『ハニーヒル』で客をとってるのよ」

「客？　客ってどういうこと？　だって、ラハヤが客のところに行かなきゃいけないんじゃないの？」

「やめてよ、わかってるくせに。掃除の客じゃないわよ。給料もうんとよくて、パラジストがまた関係してるらしいわ」

「どういうこと？　誰のこと？　不機嫌屋のこと？　それって、ラハヤの彼氏じゃない」

「違うわ。私もそうだと思っていたんだけどね。付き合ってるとかそういうことじゃなくて、ヴィクトルはラハヤを斡旋してるのよ」

セルマは、わたしの反応を待っていた。

「どうしたらいいのかしら？」わたしは、どうしたらいいのかわからずに言った。

「売春は犯罪よ。ラハヤと話をする必要があるわ。早くて来週の木曜日にでも、わたしは話をしてみるわ。それに、ほかに聞きたいこともあるし。実を言うとね、ここ最近、彼女の仕事ぶりに不満があって。彼女、前みたいにきちんと仕事をしないのよ。どこか具合でも悪いんじゃないかしらって、思うときもあるわ」

「どうしたらいいのかしら？　海岸に行って、砂に質問を書いて、キツネの答えを待たなきゃいけないのかな」

　セルマは、とまどったようにわたしを見た。わたしがなんのことを言っているのか、彼女にはわからなかったのだ。

移ろう現実クラブでする話は、初めてのロンドン旅行のことでもいい。

ロンドンに初めて訪れたのは最近のことで、年もいっていた。そのときは、友人のゲストルームに寄らせてもらった。友人の家は、閑静な邸宅が立ち並ぶ都会の一角にあった。楡の並木道が通っていて、近隣の屋敷の窓には鉄製のプランタースタンドが掛かり、白と紫のシクラメンが咲いていた。シクラメンは魅力的な花だ。儚くて上品で、なにか鳥のような軽やかさがあって、奢らない充実感がそこにある。シクラメンを見ていると、なんだかシクラメンになった気がしてくる。そして、自分の苦しみや拙さを忘れてゆく。

それに、一一月に屋外で育つ花といえば耐寒性のあるヘザーのほかになにもないということも、シクラメンを見ていたいと思う理由のひとつだろう。パリから帰ってきてもなお、シャルトルの青が鮮やかに蘇る。けれども、ロンドンで体験したことすべてが忘れられない。ハイド・パーク近くのシクラメンとバス停の異邦人が、わたしのなかの消えない記憶となっている。

彼女を見かけた通りをあとで地図で探してみたけれど、通りの名前に確信が持てなかった。

この人、というより生き物とでも呼んだほうがいいのだろうか。人のかたちをしたものがわたしの頭から離れない。彼女は人間らしくもあり、そうでもなかった。以前にも彼女について話したことがあるし、書いたこともある。夜も更けて疲れてくると、わたしは彼女のことを話しだす。わたしが書いた本のなかに登場するホーカンは、エウドラ通りでたまたま彼女を目にしている。

夜中に、彼女がむくむくと立ち現れて、見ていた夢を跡形もなく壊してゆく。それで、わたしはいつも目が覚める。彼女との出会いからもう七年になる。だが、それも出会いと呼べるかどうか。

記憶をたどって細かいことまで思いだそうとはしたけれど、じろじろ彼女を見たわけでもないし、羞恥心から核心に触れられない。彼女はどんな髪をしていたのか、どれくらい長くてどんな色だったのか、そんなことはまったく覚えていない。あまりに恐ろしくて、彼女を見ないようにしていたくらいだ。ただ、異常なくらいに背があった。通りを歩いている人たちよりも、頭一つぶんは高かった。そして、異常なくらいに細かった。なんだか彫刻家ジャコメッティの引き伸ばされた人物たちをわずかに思わせた。あるいは、主人から分離して、じわじわと骨惜しむように肉づいてゆくアンデルセン童話の影法師みたいだったと言ってもいい。

こんなにもやせ細った人を、わたしはいまだかつて見たことがない。わたしと同じ高校に通っていた拒食症の少女より細い。その子の足も棒のように細く、膝は節くれてがりがりに痩せていたけれど、それ以上だ。そんな骨と皮だけの状態でバスを待ちつづけ、どうやってじぶんを支えて雑踏の喧噪のなかを通行人と肩を並べて歩けるのだろう。

　秋とはいえ、夏のような陽気だった。それにも関わらず、彼女はこれでもかというくらいに着こんで、ひょろっとした体を厚手の外套で纏いベルトをきゅっと締めていた。痩せたみっともない体を、むりやり隠そうとしていたのかもしれない。しかし、不釣り合いな服装のせいで、いっそう目立っていた。彼女が着ていた外套はもう三、四〇年も前のもので、いまでは着ている人すら見かけない。魚の骨の柄のロング丈のツィードコートで、小さな襟に大ぶりのボタンが付いていた。ボタンは布張りだったように思うけれど、断定はできない。コートは体にぴったりとフィットしていて、きゅっと締められたベルトはコートと同色だった。実は、わたしも高校時代にまさにそんな外套を着ていた。ばかげているかもしれないが、とうの昔に捨て去った服を彼女がどこかから探し当てて着ているんじゃないかと、あとになって疑いはじめた。

　この人物は、いっときも落ち着かなかった。バスを待っていたのかどうかすらわからない。ひたすら人ごみを縫うように道路を行ったり来たりして、その場にじっとしていないのだ。彼女の落ち着きのなさが人の目を引き、わたしの目も引いた。

　ほかにも、言っておかなくてはならないことがある。彼女と言ってはいるけれど、彼女が女性なのか性別にも確信が持てない。

もっと言えば、彼女がわたしたちと同じ種に属しているのか、それとも遠目から見て同じ種に見えるだけなのか、そのことすら自信をもって言えない。

しかしながら、わたしはまだ肝心なことを言っていない。もっとも注意を引いた事柄を。細面の口元はマフラーで覆われていた。マフラーだったのか、端切れだったのか。とにかく、口がすっかり覆われていたのだ。彼女にぱっと目をやって、ぎくっとした。口がない。口もなければ、顎もない。だから彼女は、あんなぼろ切れで口元を隠していたのだ。端切れの色も柄も覚えていないが、それで彼女はないものを、不在を必死に隠していたのだ。それははっきりしていた。

彼女がわたしのすぐ傍を通り過ぎても、わたしには彼女を見る勇気がなかった。だから、彼女に見られているのかすらわからない。

しかし、はっきりと聞こえたのだ。

「I am so sorry about that」

わたしにはそう聞こえた。その声は、異常なくらいにアクセントに欠け、ほとんどささやき声に近かった。

「So sorry, so sorry, so sorry」

その言葉はわたしに向けられたものなのか。わからない。それに、だいたいどうやって言葉を発したのだろう？　口がないのに、どうやって？

もう一度彼女と出会いたい、そんな微かな願望がわたしのなかにある。どんな通りであれ、道であれ、小道であれ、わたしに向かって歩いてきてほしい。京都の哲学の道で出会えるだろうか？ それとも、新作の服に群がる人でごった返す高級ショッピング街で？ それとも、わたしが住んでいるフィンランド湾岸沿いの砂利道で？ 忘却の港と閉鎖された製材所へと連なる砂利道で？ その道なりに立つ白樺は、虫食いと腐朽がはじまっている。

秋に、遠方に住むヒロコから手紙が来た。

「斜面はもう、枯葉で覆われ葉は縮み、砂粒ほどの塵となって分散しています」

夜の散歩で、再び痩せた彼女に会う日を待っている。そのときは、わたしのところで足を止めてくれるのを期待する。そして、わたしは尋ねたい。なにに、そんなに申し訳ないのか。自分の運命を悲しんでいるのか、それともわたしの？ それとも、わたしたちすべての？ 人類全体の？

プロトゾア

足のない男が、息子のヴァッシの部屋の前で車椅子を停めた。

「ゲーム中?」

たいがい、ヴァッシはパソコンと向き合っている。画面の冷たい光が、一点を見つめるヴァッシの顔と細い指の上を揺れ動く。指は、コンサートピアニストのように、しなやかにキーボードと戯れる。

「そうだよ」

「一人で?」

もちろん、部屋にいるのは息子一人なのはわかっている。おそらく、ヴァッシはネットで友人の誰かとゲームをしているんだろう。ヴァッシの友だちと会ったことは一度もないが、足のない男はそれでもいいと思っていた。友だちを家に連れてきたこともない、外出もしない、友だちの家に遊びに行ったりもしない。しかし、ヴァッシのゲーム仲間は、地球のどんな片隅であれ住んでいるかもしれないのだ。

「一人で遊んでるのかい?」足のない男は改めて聞いてみたけれど、返事は返ってこない。

「いや、プロトゾアと」

ヴァッシはこちらを見ることなく、画面に気をとられている。

「新しい友だちかい?　変わった名前だね。それとも、そういったハンドルネームなのかな?」

足のない男は喜んで聞いた。

「ほんとにわかってないなあ、友だちなわけないだろ。プロトゾア。原虫。単細胞の寄生虫だよ」

足のない男は返す言葉もなかった。聞きたいことはあったが、言葉が出てこなかった。いったいどうしたら、ヒトがそんな生物といっしょに遊べるというのだろう。説明されても、きっと理解の範疇を超えるだろう。足のない男は車椅子を玄関までバックさせ、自分の部屋に引き返した。

妻が求めたランの花が、寝室の窓辺にまだ咲いている。

彼女のませた息子の唯一の友だちが、単細胞の寄生虫だなんて。


新世界は泡のように無から誕生する。

ゼノジーは月光に由来するエネルギーである。

心臓は自ら細胞をつくりだす。

グレープフルーツジュースは脳を柔軟に保つ。

星もまだ誕生していなかった宇宙の暗黒の夜は、四〇億年続いた。

蜘蛛には幼虫に紛れてまどいする寄生虫がいる。そして、ついには宿主を破滅させる。

歯のある鳥が発見された。

ニュートリノは超対称性粒子である。

地球上には、未確認の昆虫が六〇〇万種いる。

掃除ロボットを操作するインテリジェンスフロアが開発された。

二一銀河を雲のように取り巻くクリスタル物質は、ガラスの破片のようである。
ジャンプする探査機は月の暗いクレーターから氷を探し求めている。
蛇にはその昔、足があった。
時間には端がある。
太陽風は音楽に変えられる。
より冷たい場所により孤独な蜜蜂が生きている。

アッシャーシンドローム

「また垂れてきたのよ」セルマの声は沈んでいた。

「なにが?」わたしはすっかり忘れていた。

「あのべとべとしたやつよ、ちっともやまないの。屋根裏階段にまた黒い塊ができちゃったわ。どうして、ラハヤはこの前の水曜日に来なかったのかしら。いろいろと聞きたいことがあったのに」セルマは不満げだ。

「うちにも来なかったわよ」わたしは言った。

ラハヤは以前よりも時間をかけて掃除をするようになったのに、仕上がりはひどくなるばかりだった。わたしがなにか言うと、評価とか質問のように思われてラハヤはとても辛そうな目をする。だから、もうなにも言わないことにしている。

でも、目に見えて、ラハヤの足取りは以前よりもおぼつかなく動きもぎこちない。掃除機につまずき、ものを何度も落とす。物音もひどくなったし、目の前にあるスポンジを探すようになった。わたしが話しかけると、頭をかしげてわたしの唇をじっと見る。目を細め、眉間に皺を寄せ、ぐいっと顔を近づけてくる。あまりの急接近にわたしのほうが引いてしまう。けれども、それは、忘れっぽいとか、注意力が欠けているとか、あるいはわたしの指示が理解できなかったわけではなかった。明かりはすべて点いているのに暗い家のなかを手探りしているように見えた。

情報提供者ドルイドが、ラハヤの秘密の一つをばらした。ラハヤは、アッシャーシンドロームという病気にかかっているらしかった。遺伝子が、ラハヤの内耳と目の感覚細胞を傷つけ、そして殺したのだ。盲点が広がって、ほかの盲点と結合し、濃霧のように話し相手の唇を覆い隠してしまう。病はひるむことなく進行し、それに対処すべき治療方法はない。

いったいなぜ、ラハヤはあんなにも身を粉にして働いていたのだろう。なぜ、モーテル「ハニーヒル」の薄暗い部屋で客をとっていたのか。

「インプラントが必要だから」ドルイドが言った。

それでようやくわかった。ラハヤは人工内耳を装用したかったのだ。人工内耳とは、音声信号を受信して聞きとれるようにする高価な電子機器だ。それがきっと死んでしまった感覚細胞の代わりとなり、見えなくなってしまったときに聞こえるチャンスをラハヤに与えてくれるのだ。

ところが、視力はラハヤが思っていた以上に急速に低下した。目が見えなくなっては掃除もできない。お金を稼いで貯めるチャンスは失われてしまったのだ。

「みんなで募金をしましょう。ラハヤに人工内耳をつけさせるのよ」セルマが言った。

わたしたちは、セルマが開いた口座に義援金を募りはじめた。数百ユーロは集まっただろうか。募金のことで連絡をとったセルマの客は、気前のいい人ばかりだった。だが、肝心のラハヤはいったいにどこにいるのか、その所在はわからなかった。セルマはハニーヒルを訪ねてラハヤのことを聞いてはみたけれど、ラハヤが客をとっていた狭い部屋だけ見て空手で帰ってきた。部屋に漂う清潔感、そしてナイトテーブルの上に置かれたDNA物質による染みにも有効な染み抜き剤を除けば、そこにラハヤを思わせるようなものはなかった。セルマによると、ラハヤは同じような除去剤を屋根裏階段の掃除に使っていたらしい。セルマは、ラハヤの思い出と黒い塊に除去剤を持って帰った。

「ねえ、覚えてる？　若い頃に好きだった詩があったでしょ。こんな感じの一節だったわ」

睫毛の雪がうるんでいるよ、
きみのひとみには愁いがあるよ、
そして　きみのおもかげの全体が、
一枚の布地で縫われてでもいるようだ。

（ボリス・パステルナーク／江川卓訳『ドクトル・ジバゴ第二部』時事通信社、一九八〇年）

「なんだかラハヤみたいだと思わない?」

セルマはそう言ったけれど、わたしはそう思わなかった。美しい詩ではある。しかし、ラハヤをうたっているようには思えない。ラハヤは決して一枚でできてはいない。

「彼女は死んでいると思います」声を落としたライ婦人に、セルマはこう言った。

「なにを言ってるんですか。きっと、もう自分のインプラントを手に入れて、蠅の羽音も、木々のざわめきも、みんなが話していることすべて聞こえていると、わたしは信じています」

「それが、誰にとっても健全だとはかぎりません」ライ婦人が言った。

ラハヤは、募金について知りえなかった。わたしたちも、彼女がどこへ姿を消したのかわからない。果たして、静寂と暗闇が彼女の部分になったのだろうか。もし、聞こえないことが静寂で、見えないことが暗闇であるのだとすれば。


音は光に変えられる。

光は液体に変えられる。

物質が回転しながらブラックホールに吸いこまれると、遠ざかる灯台のように明滅する。

情報だけでなく

教会職を辞めてから隠遁生活をしてきたシーグベルトは、ときにせつなくなってハイブロットとおしゃべりする。ハイブロットの返事はひどく短くて単調ではあるが、混声的だ。夜になると、円らな警告ランプが点滅する。まるで呼吸しているみたいに、明かりは小さくなったり大きくなったりする。シーグベルトは、夜中にたびたび目が覚めて明滅する光を見ると、隣で眠っている人の寝息のように感じて落ち着くのだ。

シーグベルトは、きっかり午後四時にくいっと最初の一杯をあおった。手足の指先まで血が通ってきたら、ハイブロットとおしゃべりしだす。ハイブロットの混声合唱は決まってこう切りだす。

「なにを考えていますか、シーグベルト？」

「ぼくたちは情報だけで生きていない」シーグベルトが答えた。

「ぼくたち、とは誰ですか？」

「つまり、機械とラットと人間だよ」

「続きをどうぞ、シーグベルト」

「ぼくたちは、とりわけ真で生きている。けれども、真の一部は四次元時空の結び目に圧縮されていて、誰も触れることができないんだ」

「それはあなたにとって問題ですか、シーグベルト？」

「真を探しているものにとっては、それは問題だよ」シーグベルトはそう言うと、くいっと二杯目をあおった。

「あなたは真を探していますか、シーグベルト？」

「真と情報、かな。この二つは一つに見られることもあるからね」

「なぜ、あなたは真と情報を探しているのですか、シーグベルト？」

「きみは人間じゃないからそんなことを聞くんだ」

「続きをどうぞ、シーグベルト」

「人間は回路網の神だ。女王が蟻塚の神であるみたいにね。巣を一つに統べて、意図と意識を与える。群れの主人だ。すくなくとも、自分ではそう信じている。でも、どれくらい？　もし、いなくなったら……」

「続きをどうぞ、シーグベルト」

「もし、人間がいなくなっても、きっと残念だなんて思わないだろう。人間の理性よりも速い知能は至る所にあるからね。われわれ人間自身の細胞のなかにすらある。それは、人の手によってつくられた機械のなかで目覚め、じきに機械の手によって造られた機械に移される。しかし、きみは、ハイブロットはそういう機械貴族には属さない。きみの構造は、ミミズの複雑さにもおよばない。きみのラット脳は寄生虫にやられるよ」

「続きをどうぞ、シーグベルト」

「話したくない」シーグベルトはそう言ったものの、こう続けた。

「もうすぐ部分が変わることになる」

「誰の部分ですか、シーグベルト？」

「機械と人間さ。そうなれば、回路網は人間を必要としなくなる。そして、いっさいの群れのように、同じルールのもとで秩序立てられて機能することになるんだ」

「続きをどうぞ、シーグベルト」

「信じることをやめた代わりに偶然が転がりこんできた」

「なにを信じることをやめたのですか、シーグベルト？」

「知能だよ。いっさいの群れを愛し、そして見る知能だよ。そんなものは必要ないんだ。神か真か、どちらを信じるかと言われたらぼくは真を選ぶね」

「なぜ、選ばなければならないのですか、シーグベルト？」

シーグベルトは答えなかった。

「あなたが信じているかいないかということを誰が気にするのですか、シーグベルト？」

シーグベルトはハイブロットの応答にはっとした。彼の耳には、いじわるな忠告のように聞こえたからだ。でも、ハイブロットがいじわるであるわけがない。「誰が？」それは単なる質問にすぎないのだ。

「おそらく、誰も気にしないだろうね」シーグベルトは答えたものの、ハイブロットの妙な質問にいらだち、声をあげてしまった。

「ネズミのくせに！」

ハイブロットは中傷に挑発されることもなく、眠りはじめた。その眠りも、本当の眠りを模倣しているだけだ。シーグベルトも、ほろ酔い気分で落ち着かないままうとうとしはじめた。

彼のベッドの上には壁紙が張ってある。りんご柄の壁紙は、古くなってめくれている。地下室の窓から漏れる街灯の灯りに、冬のりんごの枝の影が揺れている。その影は、自らの裸を覆い隠すように、壁紙の破れと綻んだばかりのりんごの花を手探りしながら揺れて定まらなかった。

蜜蜂の館の解体

車椅子が見えた。そこに、しゃんと背を伸ばした男性が座っている。顔は確認できないが、きっと足のない男だろう。鼻声クラブにキュニコス会、腰の曲がった神聖なる巡礼に改心する伝達者、自治学振興会、免疫学者と口論していた科学的世界像の犠牲者の姿もあった。

蜜蜂の館の解体作業がついにはじまった。遺跡保存評議会から保存勧告が出てはいたが、勧告とは名ばかりで法的になんの拘束力もなかった。

取り壊しに反対するまばらなデモ行進のなかにも知り合いがかなりいたけれど、わたしは参加する気になれなかった。反対側の道路に立ちつくして事のなりゆきを見守っていたが、なんの進展も見られなかった。

その場には、脱字者のほぼ全員がいた。それに、預言者が二人、向こうが透けて見えそうな呼吸者が一人（まだ生きているなんて驚きだ）、ラッダイトが三人、天使の人形をもったドルフィーの母がひとりいた。近よってみて気づいたが、彼女はオリンピア人形の母で、エンマ・エクシュタインを演じていた少女だった。

ラッダイトの一人が、「手法の開発に反対する」と書かれたプラカードを掲げている。なんと、そこにセルマも参加していた！　セルマは、カエデの幹にもたれてもなお辛そうにしているシーグベルトと、言葉を交わしていた。その同じ木の梢に情報提供者ドルイドが座っている。「エンマ・エクシュタインの鼻」で、三五人分のウィーン人を演じたドルイドは、せめて一本でも救いきれることを願っているのだろう。工事現場のカエデは残らず処分することになっていたからだ。ドルイドはわたしに気づくと、手を振った。

オリンピア人形はフードつきの外套を着ていた。フードのファーは本物のミンクみたいだった。人形の細長いあごはドルフィーの母の肩にもたれ、ラハヤの髪を思わせるハチミツ色した巻き毛は少女の背中で波打っている。瞳は、瞬きもせずにかっと見開いて凝視している。いや、そんなことはない、オリンピアはふいに左目でわたしにウィンクした。そして、「快楽」のラブドールのようなエロかわいいロリータ唇からピンク色の舌を出したのだ。うそじゃない、オリンピアはわたしに舌を出したのだ。人形にも舌があったなんて知らなかった。なんて恥知らず！

わたしは気持ち悪くなってきて、人形の目の届かない曲がり角まで歩いた。バケツが散乱している眼鏡屋のドアの前の階段に、眼鏡屋の主人が立っていた。主人は眼鏡をかけていて、わたしに気がつくとデモ参加者のほうを一瞥してこう言った。

「おかしなやつらだ。あんなにくたびれた館、いいかげん取り壊すときだよ」

金色の空が主人の眼鏡にきらりと反射して、港の最後尾のクレーン車を駆けてゆく。曲がり角を折れて、モーテル「ハニーヒル」を見た。窓にかかったカーテンはどれもきっちり閉まっている。向かいのリサイクルショップのショーウィンドーに目をやった。いろいろと品物が置いてあったが、買いたいと思うようなものはたいしてなかった。象牙、燭台、兜、よくわからない勲章、キツネの面、壊れたコーヒーミル、オリベッティ・タイプライター。タイプライターに隠れて油絵がある。グリーンのドレスを纏ったブロンドの少女か女性の絵だった。

引き返そうとすると、きれいな平たい酒杯が目に留まった。おそらく本物の銀製だろう。杯の口縁部は、なにかの模様で装飾が施されている。酒杯のなかには黒い石が入っていた。わたしはぴたっとガラスに額を押しつけた。酒杯は、キツネ、ネコ、ペリカン、ヘビで縁どられている。そして、自分の目に狂いはないと思った。石は、楕円形をした滑らかな平たいあの石だった。手のひらに握ったあの石。あの温度と重みは忘れない。あれほどの黒さはほかにない。いったい、どういうわけでこのショーウィンドーに？　わたしの息子が、もう何年も前の夏に水切り石として投げていたあの石が。波紋を描いて、深淵に沈んでいったあの石が。

あの石を取り戻したくて、ドアの取っ手を握った。引いたけれど無駄だった。ドアには「閉店しました」という貼り紙があったのだ。

曲がり角から踵を返すと、眼鏡屋の主人はまだ階段に立っていた。ちらっとわたしを見たけれど、今度はなにも言わなかった。冬の日が、ネイルスタジオを越え、会計事務所を越え、オフィス街を越え、凍てつく外海を越えて消えてゆく。薄暮は呼吸者の青ざめた顔にあたり、北東から吹いてくる一陣にいっそう青くなる。オリンピアの母は人形を温めようとさすっている。掘削機は作動していないが、工事現場の人たちの往来はあった。なにも、取り返しのつかないことは起こってはいない。とりあえずは。ただ、それはデモ行進のおかげじゃない。こんなに小さな群れではなにも変わらないだろう。

古い建物は依然としてそこにある。煉瓦壁の緑青、そしてそのグラデーション。いまならまだ、それに見とれてじっくり観察することができる。煉瓦は一つとして同じものはなく、どれも自分の色合いを帯び、轍を刻み、凹みをもっている。夕日が斜に射しこむそのときに、もっとも映える不均一な景色。一糸纏わぬ枝が壁に垂れ、地面に影を落とす。それらは、庭の凍土をまさぐるように彷徨っている。失われたなにかを空しく求めているような指のように、行きつ戻りつ。

蜜蜂の館の跡地に建つことになっている新しい建物には、ラハヤはもう必要なくなるだろう。部屋には、掃除ロボットを操作するインテリジェンスフロアが敷かれ、窓は自ら拭くようになるだろう。

どんな群れもいったん分散する。どんな影も、同じ一つの長い夜になる。人形がわたしににやりとほくそ笑む。歯のある鳥が木にとまっている。時間の端がどんどん迫っている。

帰りの地下鉄で、たった一つだけ空いていた窓際の席に運よく座れた。手荷物を膝の上に載せて、視線を起こしてぎょっとした。膝がくっつかんばかりの距離で向かいに座っているのは、本を抱えた破り魔だった。同じ男性だ。もしかしたら、自分のタルパなのかもしれないと思うときもある。自分ではそんなつもりはないけれど、知らず知らずにつくりだしてしまった、わたしの想いのかたち。

残すところ、あと一ページで彼は本を読み終える。最終ページだ。お願いだから本を破らないでと言いたい気持ちに駆られたが、そのときにはもう紙の音が聞こえていた。くしゃっと指で丸めて、わたしの足もとに落とした。

紙を取ってほしいのだろうか？　最後のページを読んでほしいということなのだろうか？　それとも、バカにしただけなのか？　わたしはサインを待っていた。すると、彼はうな垂れた頭をあげて、わたしにこくりと頷いた。古くからの知り合いに頷くように、一度ではなく二度も三度も。ついに、わたしは彼と目があった。彼は、存在していて、本当なのだということをこの目で見たのだ。

けれどもなお、わからないのは破り魔がいったいどういうつもりだったのかということだ。くしゃくしゃになったページを車両の床にしゃがみこんで探してはみたものの、あったのは汚い足跡だけでページは出てこなかった。丸まった紙は、座席の下の奥のほうに転がっていってしまったか、誰かに拾われてしまったのだ。顔をあげると、男性はもうそこにいなかった。彼は、本の表紙もいっしょに持っていってしまっていた。しかし、座席にはくたびれた本のカバーが放置されていた。次の本のカバーにするにはあまりにくたびれてしまったのだろう。それは、わたしが女学校時代に、文法と代数の教科書カバーに使っていたような、決してきれいとは言えない蝋紙だった。

三人のブッダ

結局、わたしは、移ろう現実クラブで三人のブッダについて話すことにした。

いろんな出来事があって、たった一つの偶然もたくさんある。意味深に思えるような、個人的なメッセージに思えるような偶然の一致もたくさんある。しかし、送り手がいないメッセージは、メッセージでありうるのだろうか？　そういう現象は、なにもないところから生まれ、なにもないところへと再び沈んでゆく。

それをシンクロニシティと呼ぶ人もいるけれど、わたしは京都旅行から帰ってきて「ブッダからのメッセージ」と呼ぶようになった。移ろう現実クラブに入ったことも、きっとブッダの声によるものだと思う。

ヒロコからの手紙にこう書いてあった。

「新幹線の旅の一番の楽しみは駅弁です。カラフルな包装紙に包まれた四角い日本のお弁当。駅で買って加速する列車のなかで食べましょう。これが、なにより最高なんです」

そんなわけで、わたしたちはその通り駅弁を車中で食べた。そして、最高だった。これで、京都での初日はほとんど済んだようなものだった。

「お客さん、京都にお寺は何堂くらいあると思います？」

タクシーの運転手が聞いてきた。実際には、なにを聞かれたのかわからなかったし、ヒロコがわたしにフィンランド語に訳してくれるまで質問してきたことすらわからなかった。

「五〇くらいかしら」

わたしは自信なく答えてすぐに後悔した。わたしの返事をヒロコから聞いたタクシーの運転手はくすっと笑って、口走るようになにか言っていた。

「二〇〇〇は超えるって」

ヒロコが申し訳なさそうに言ったのも、タクシーの運転手にあやまった評価を下してしまったわたしの気持ちを察してくれたからだろう。

ヒロコからの手紙にはこうも書いてあった。

「秋の澄明に融和した、京都の神社の輪郭と、ひっそりとした石畳。これらを、この目で愛でましょう」

その日は二つのお寺を訪れた。高台寺と銀閣寺。それから、鶯張りの鳴く廊下で有名な二条城にも足を伸ばした。昔の人は、いやいまの人ですら、いくら見張り所の目を盗んでも城には忍びこめないだろう。裸足で侵入しても、廊下は鳥のように甲高くさえずるのだ。侍たちは廊下の歌声のおかげで、まわし者の接近を事前に察知し、命を狙っていた者は二条城で恐ろしい最期を遂げたのだから。

銀閣寺庭園の小ぶりな松は、度重なる嵐に晒されたフィンランドの島々の松に似ていた。そこに生えている木々も高く伸びずに、ひたすら曲がりくねって、風を拝むようにうな垂れている。その木質は密で硬く、年輪はエンゲージリングのように細い。

銀閣寺へ連なる坂道沿いには土産物屋が軒を連ねている。桜風味の透きとおったピンク色の飴に、手鏡入れ、ティッシュ入れ、絹のような光沢の黒い手提げといった着物の端切れでつくった小物がところ狭しと並ぶ。手提げ袋には、扇子と鶴の刺繍がほどこされてある。竹林からは向かいの山の斜面のカエデがのぞき、黄金を戴いている。

二人でカエデを見ていたら、ヒロコが語りだした。秋になると、彼女の父親は秋陽に映える寺院の庭園をひとめ見ようと、はるばる南の九州から京都に赴いてくるという。ところが、先ごろの台風一八号に、実家の車庫の屋根が吹き飛ばされたらしい。

勾配のある石階段を下りていたら、ヒロコが心配そうにわたしの腕をずっとつかんでいた。いつ足を滑らせて転びやしないかと思って、手を添えてくれていた。わたしも年を取ったのだ。

「あそこに行ってみない?」わたしは言った。

そこは、アンティークの着物や布を売っている店だった。艶のある絹の端切れもあって、うっとりしながら指で触っていた。店の客はわたしたちだけだというのに、そこの店主は声もかけず目もくれなかった。わたしたちは何も買わずに店から通りへ出ると、フグが目に入った。隣接する料理屋のショーウィンドーに水槽が設けられていて、もうすぐ殺されて食べられる運命になろうとは思いもせずにスイスイ泳いでいる。それに、客は高い金を払うのだ。

料理屋の向かい側にまた別の古美術商があった。そこでは、年代物の歌舞伎人形やお箸、象や虎の形をした文鎮、それから典雅な茶器が売られていた。ある棚に、茶碗に挟まれるようにして緑青を帯びたブロンズの置物を見つけた。長さはだいたい三〇センチくらいだろうか。それは、ブッダだった。眠るブッダ、あるいは細長い枕に頭をもたげて夢とうつつのあわいに留まっているブッダだった。右手を頭と枕のあいだに挟み、左手はまっすぐ腰の辺りまで楽に添えていた。頭のてっぺんできゅっと丸めたおなじみの髪型。その小さな螺髪は、外海の波のような、渦巻きのような、鳥の巣のようだ。たっぷりとした瞼はわずかに開いている。おそらく、周りで起きていることを見守って、眠りのなかで見聞きしているのだろう。ブッダの袈裟の襞からは、つま先がのぞいていた。

この安らかなブッダを買いたいと思った。二日後に誕生日を迎える連れのヨーナスか、ブッダ像を収集している姉にあげたかったのだ。

「いくらか聞いてみて」わたしはヒロコに言った。

ブッダは二〇〇〇円だった。

「高くないわ」ヒロコが言った。

店主は、小さくとも重みのあるブッダをひらひらの薄葉紙に包んだ。それを、わたしはバッグに押しこんだ。ヨーナスと落ちあったときにはわたしは寺院巡りでくたくたになっていて、ヒロコが書いていた通りの華やぎのある光景を愛で、瞼もとろんと落ちてきていた。ヨーナスは、大学でトービン税について講演してきたところだった。

ヒロコに勧められて蕎麦屋で夕食をとることにした。店内の空気はこもっていてむせ返るようだった。勝手口のドアが開けられるたびに、裏庭に咲いていたローズマリーの香りが店のなかまでふわりと漂ってきて、湯気のたった蕎麦の匂いと一つになった。

京都では、哲学の道沿いの画家のアトリエに二晩お世話になった。疏水沿いの道なりによく知らない大木があって、その合間を縫いながら暗闇のなかを歩いてたどり着いた。秋も深いというのに、その木々はまだ葉をつけていた。

お世話になっている画家にブッダ像を見せた途端、彼女の顔がぱっと明るくなった。像を手にとり、いろんな角度から見てブロンズの袈裟をなで回していた。

「日本だと、ブッダはたいてい座っているか、立っているのよ。横になっているのはないわ。

きっと、タイのブッダね」画家が言った。

「いつくらいのものかしら」

「一九世紀初めだと思うわ」画家は、ブッダ像から片時も目を離さずに答えた。

「こういうのだったら、わたしも喜んで買っちゃうわ」

パジャマに着替えたわたしは、ふいに知った。わたしは、ブッダをお土産に連れて帰れない。ブッダはこのまま安らかにこの家に残していくべきだ、と。

その晩、いままでに感じたことのない奇妙な感覚を覚えて目が覚めた。震動。若いころ、故郷で感じたことのある揺れ。学校の授業中に一度、そして大学の講義中にも何度かあった。そのときは、揺れがわたしの心臓からきているのか、それともわたしが寄りかかっている机がガタガタ揺れているのか、それとも取り巻いている町全体が揺れているのかがわからなかった。

それは、音のない歌のようだった。耳で知覚する音ではなく、体の器官すべてで感じる音。揺らいだ瞬間、わたしは周りのクラスメートを盗み見た。わたしの感覚の共鳴を、彼らの顔に探したのだ。けれども、目に見えたのは虚ろな目としまりのない唇だけだった。尋ねる勇気もなかったし、同じ体験について触れる人は誰もいなかった。

でも、ヨーナスは起きていた。肩ひじをついて、彼も耳を澄ましていた。

揺れが収まると、ヨーナスはわたしの手を握りしめた。交わす言葉はなかった。音源はわたしの心臓ではなかった。大地それ自体が揺れて震えたのだ。人間や動物を運び、養い、ついには自分の栄養分へと消化する大地が。ここでは、鶯張りの廊下のように大地は歌うのだ。けれど、迫ってくる足音は侍ですら止められない。それは来るべきときにやって来て、ひとたび膨らんだ鈍い音はわたしたちの耳をも聾するだろう。

次の日の朝、ヒロコとわたしは同じ古美術商に再び足を運んだ。ヒロコが店主に二言三言なにか言っていた。すると、店主はにっこり微笑んで、頷いて、奥の部屋にいったん引っこんだ。

「なにを話したの?」

「あのね、今日もここに昨日と同じブッダは現れていますか、って聞いたの」ヒロコは答えて、彼女もにっこり微笑んだ。

店主が、両手に眠るブッダを持ってわたしたちのところに戻ってきたときには、わたしは嬉しさのあまり声をあげた。昨日のブッダに比べると、顔の輪郭はいくぶん荒削りで、表情もわずかに硬い感じがしたけれど、ほかはまったくそっくりだった。

「二人は今朝、ここに着いたんだって」ヒロコが言った。

「なんだか奇跡を感じるわ。だって、わたしたちの目の前に三人の眠るブッダが現れたんだもの。昨日、あなたがブッダを譲ったことへの、ブッダからのご褒美なのね」

一一月の終わり、京都から帰って落ち着いたころだった。ヒロコから手紙が届いた。

「常磐《ときわ》緑《みどり》の椿はもう芽ぐみ、その豊穣な葉は時を超えて輝いて、夏も冬も太陽と結ばれています」


わたしが話を終えても、クラブのメンバーたちはもの足りないようにじっとわたしのほうを見ていた。どうやら、続きを待っているようだった。わたしの話に、聞き手は満足しなかったのだ。

「それでおしまいですか?」アナトールがためらいがちに聞いた。

シャルトル大聖堂の青いガラスはもうつくれない。

太陽の核は氷である。

より冷たい場所により孤独な蜜蜂が生きている。

この町の下にはもう一つの町がある。

この大地はもう一つの太陽を内に抱いている。

もうひとつの太陽——訳者あとがきにかえて

八月のレーナ・クルーンの庭にはいつも、天上の青が咲いている。

遅咲きの西洋朝顔の花弁は、射透すほどに青く、いびつな黒いひとつの種は、何輪もの美しい放射状の集散花序を生む。戴く花冠は内に目映い黄色を抱き、もうひとつの太陽のようだ。朝顔は、午後に凋んでしまうまで、ひたすらに太陽と番い、情報という種を残してゆく。散ってもまた集って、なにかに成りつづけ、そしてまた、なにかで在ろうとする姿は、とても熱的で胸を打つ。そこに、マルハナバチがよく訪れる。情報を繋いでくれる、この愛しい媒介者は、いつだって花粉にまみれていた。

蜜蜂の館には、じつに多くの人びとが出入りする。館は、独立した群れを成す団体の集会所であり、さまざまな考えが交差する容れ物だ。そうした多くの解釈を、聾唖の掃除パートの美しいラハヤが繋いでゆく。彼女が掃除に訪れるたびに、未知なる世界が開示され、わたしたちの認識を試し、その限界を問う。フィンランド語で「授かり物」を意味するラハヤは、まさに、新たな認識をわたしたちに授けてくれる喚起者のようだ。

誰もが、それぞれの心でさまざまな側面から世界を見る。じぶんのなかに見えたもの、じぶんにとって現れたもの、それは疑いなく、そのひとにとって真実だ。大切なのはきっと、見えたものの正否ではない。なぜそれが見えたのか、それはそのひとにとってどんな意味をもたらすのか、そして、見えたものは、いかにして他者と分かつことが可能なのか、なのだと思う。

朝顔の世界も、蜜蜂の館の世界も、わたしたちの世界も、時間の尺度も位相もちがうけれど、同じひとつの現実を分かちあっている。

現実は移ろう。なぜなら、たしかに存在すると思っているものは空っぽだからだ。「ウツなるものはそこから何かが生成してくる」（松岡正剛著『花鳥風月の科学』）。確かに存在するものは心であって、想いであって、それらが重なりあって、関わりあって、ひとつの現実となり、意味となる。

では、ひとつに繋ぐものとはなんだろう。内蔵された可能性や意味を生成するものとはなんだろう。それはきっと、ラハヤのような知に麻痺することのない姿勢であり、無関心でない揺らぎであり、脈動しつづける情熱だろう。

情報は、いたるところに流動していて、ニュートリノのような速さで曲線を描いてやって来る。意味は、そのふるまいにアトピックに関わって、うねる波となり、光る粒子となる。

レーナ・クルーンの作品から響いてくるのは、わたしという存在は、けっしてひとりではないということだった。わたしとは、未知数の可能性を抱く深い存在なのだ。わたしという像は、さまざまな関係によって結ばれ、わたしという輪郭はそれに触れるなにかの始まりだ。「生きた自然の中では、全体と結びついていないものは何も起こらない」（ゲーテ著『色彩論』）。部分は全体を想起させ、部分の総和は全体のそれよりもはるかに大きく、はるかに深いということも。

「一切の部分が全体についての情報を与えているという点では、どんな群れもホログラムに似ている。個は集団の萌芽であり、個々は集団の全体を包含する。わたしとは、わたしたちである」（レーナ・クルーン著『蜜蜂の館』より）

八月という月は、なんだか、わたしにとっていつも忘れがたい。

木々がつぎの生命を宿すのも八月であるし、こうやってあとがきを書くのも蝉と唱和する八月が多いように思う。レーナとの最初の出会いも八月だった。

レーナ・クルーンは、風化しえない心をもっている。それはつまり、流されない自らの価値観を確かにもっているということだ。

レーナ・クルーンはヘルシンキに生まれ、哲学、心理学、文学、美術史を大学で学んだ後、絵本、児童書、小説、エッセーと幅広く執筆活動し、現代フィンランド文学を代表する哲学的思索の深い作家である。

フィンランディア賞やトペリウス賞をはじめ、フィンランドの芸術家に贈られる最高位勲章プロフィンランディアメダルも受賞した。しかし、同年にスハルト政権下時代の森林大臣にフィンランド獅子勲章コマンダー章が授与されたことに抗議し、同じく受賞した画家マルヤッタ・ハンヒヨキとともにメダルを返還した。

彼女の作品は、アメリカ、ロシア、ヨーロッパ諸国を中心に翻訳され、活躍の場は国内に留まらず世界に広がっている。夢と現実のあわいに揺れるもろもろの世界を叙情的に繋ぎ、生きとし生けるものたちへの温かいまなざしを忘れず、存在することの意味と可能性を問いつづけている。代表作の『タイナロン』は、アメリカでワールドファンタジー賞候補作に選ばれた。

彼女の作品と出会い、その深さに触れ、わたしの情熱は駆動した。その情熱ゆえに今のわたしがあり、その情熱こそがわたしを導いてくれているのだと思う。

今回の八月のヘルシンキ行で、フィンランド政府より贈られた外国人翻訳家賞は、あまりに大きく、目眩がした。

「彼女自身こそが、この国の文学に授けられた賞です」と、授与式で添えてくれたレーナの言葉はわたしのちいさな胸いっぱいに波打った。けれども、わたしにとっては、レーナ・クルーンこそが、そして彼女の作品こそが、世界に授けられた賞なのだと思えてならない。

本書である『蜜蜂の館』は、北欧閣僚評議会賞の候補作になっている。結果はまだわからないけれど、貴い一冊であることは、確かだ。

渡芬でお世話になった方々、出会った方々に、感謝します。フィンランド政府をはじめ、教育省、ステファン・ワッリーン文化スポーツ大臣、フィンランド文学協会（SKS）、設立三〇周年を迎えたフィンランド文学情報センター（FILI）、フィンランド文学研究家の五十嵐淳氏、各出版社の皆様には、温かいまなざしをいただきました。

また、本書が一冊に結実するまで関わってくださった方々に深謝します。いつだって誠実に向き合ってくださる作家レーナ・クルーンに、心からのお礼をここに記します。

本書に、あるいは、彼女の今までの作品に共鳴して応援してくださる読者の方々の存在を、とてもありがたく感じています。そして、彼女の作品を信じて、美しい一冊にしてくださる新評論の武市一幸氏に、もっとも感謝します。

二〇〇七年八月三一日　美しが丘にて

末延弘子

訳者紹介

末延弘子（すえのぶ・ひろこ）

東海大学北欧文学科卒、トゥルク大学を経て、フィンランド政府奨学金留学生としてタンペレ大学フィンランド文学専攻修士課程修了。フィンランド文学情報センター勤務。フィンランド文学情報サイト（http://kirjojenpuutarha.pupu.jp）を五十嵐淳氏と主宰。フィンランド文学協会、カレヴァラ協会会員。2007年度フィンランド政府外国人翻訳家賞受賞。主な訳書に、『ウンブラ／タイナロン』、『木々は八月に何をするのか』、『マイホーム』、『ペレート・ムンドゥス』（いずれも新評論）、『ようこそ！ムーミン谷へ』、『麦わら帽子のヘイナとフェルト靴のトッス』、『トルスティは名探偵』（いずれも講談社）、『羽根の鎖』（小峰書店）など、多数。横浜市在住。

蜜蜂の館――群れの物語　（検印廃止）

2007年11月10日　初版第1刷発行

訳　者　末　延　弘　子

発行者　武　市　一　幸

発行所　株式会社　新　評　論

〒169-0051
東京都新宿区西早稲田3-16-28
http://www.shinhyoron.co.jp

電話　03(3202)7391
FAX　03(3202)5832
振替・00160-1-113487

落丁・乱丁はお取り替えします。
定価はカバーに表示してあります。

印刷　フォレスト
製本　清水製本プラス紙工
装丁　山田英春

ISBN978-4-7948-0753-3 C0097